圣水传奇

丹金道尔吉
乌云其木格
那仁毕力格 著

远方出版社

图书在版编目（CIP）数据

圣水传奇 / 丹金道尔吉，乌云其木格，那仁毕力格著. -- 呼和浩特 : 远方出版社，2019.12

ISBN 978-7-5555-1290-5

Ⅰ. ①圣… Ⅱ. ①丹… ②乌… ③那… Ⅲ. ①长篇小说—中国—当代 Ⅳ. ① I247.5

中国版本图书馆 CIP 数据核字（2019）第 284391 号

圣水传奇

SHENGSHUI CHUANQI

著　　者	丹金道尔吉　乌云其木格　那仁毕力格
责任编辑	刘洪洋
责任校对	刘洪洋
封面设计	坦基斯
插画设计	那牧汗
版式设计	王改英
出版发行	远方出版社
社　　址	呼和浩特市乌兰察布东路666号　邮编 010010
电　　话	（0471）2236473 总编室　2236460 发行部
经　　销	新华书店
印　　刷	内蒙古百格利印务有限公司
开　　本	145mm × 210mm　1/32
字　　数	130千
印　　张	7.25
插　　页	16
版　　次	2019年12月第1版
印　　次	2019年12月第1次印刷
标准书号	ISBN 978-7-5555-1290-5
定　　价	39.00元

初露锋芒

什么最幸福

察合台

吉鲁根巴特尔

西夏之战

阿尔巴特

阿力马思

铜盆头女鬼

铜盆头女鬼

阿达格尔黑魔

阿达格尔黑魔

诅咒老太

古宁乌兰巴特尔

圣水永生

虚构的力量

——写在前面

说起虚构，人们常常把它和梦幻联系在一起。几乎每个人都有过做梦的经历。有的梦有头有尾，含义清晰，犹如一面镜，映射出实际生活中发生的事；有的梦则支离破碎，语焉不详，令梦者如坠五里云雾……一个梦改变一生者，大有人在。梦的力量究竟有多大，似乎谁也说不清楚。古今中外，解梦说梦者不计其数，对梦幻众说纷纭，不一而足。中国古代有《周公解梦》，国外有弗洛伊德的《梦的解析》。是痴人说梦还是智者说梦，往往成为文学创作者把握虚构高低优劣的分水岭。

小说《圣水传奇》笼罩着一层强烈的梦幻色彩，虽然故事并不复杂，但很是惊险离奇，讲述了一支由十位蒙古勇士组成的远征队（蒙古语称为“阿尔巴特”），在成吉思汗次子察合台的率领下，长途跋涉，奔赴圣山大乾达摩尼山，为成吉思汗寻取长生不老圣水的神幻故事。故事中的阿尔巴特们，以玄幻的方式，带领读者进入了一个亦真亦假、亦虚亦实的梦幻之境。

纵观近年来我国民族历史题材的小说创作，作品往往呈现两极分化的态势：写实的常常循规蹈矩，拘泥于史实，把历史小说写成了历史演义；写玄幻的，又往往肆意虚构、随意杜撰，甚至胡编乱造，离史实相差甚远，以致落下歪曲史实之骂名。

《圣水传奇》故事中的大部分人物，皆来自于历史上有名有姓的历史人物。且不说成吉思汗，单提如下几人，了解历史的读者便一目了然：吉鲁根巴特尔、察合台、窝阔台、也遂、哲别、速不台、隋和图、孛斡尔出、者勒蔑、西夏李德王汗、丘处机、袁天罡、李淳风……至于众神和妖魔鬼怪，有的来自民间神话传说，如古宁乌兰巴特尔、宝迪神兽、阿拉坦金童、阿力马思、阿达格尔黑魔等；有的则是作者的虚构，如白胡子神仙、老仙猴、铜盆头女鬼、诅咒老太等。

那么，作者是如何把历史的真实和艺术的虚构巧妙而有机地结合在一起的呢？

梦幻与现实，或者说，虚幻与理性主义，似乎势不两立、水火不容，其实不然。虚幻的根源在于人生本身的虚幻性。在茫茫宇宙、不测的人生命运面前，人类的理性、科学和技术往往显得无比渺小。汉文化和蒙古文化，在本质上都认为宇宙是有机的、有生命的。这两种文化都深刻地意识到，宇宙、物质是一种具有生命力、活性的东西。中国古典哲学天道观的精髓是理性主义，萨满神学和佛学的本质也是理性主义。正是这种理性主义的超越性，才深深地吸引了唐宋元明以来中国的许多学者和艺术家，并由此创作出许多优秀的作品，古典名著《西游记》《聊斋志异》便是明证。

小说《圣水传奇》的作者正是在把握住这种理性主义的超越性之后，才从自身民族的文化符号系统和意识信仰体系出发，把诸如时空穿越、人鬼神一体、善与恶等玄幻小说中难以回避的元素处理得恰到好处，使之读后，并未感到牵强和做作，更没有胡编乱造和“两张皮”的感觉。

比如时空穿越，在作品营造的意识信仰体系中，宇宙中并不存在所谓的“时间”，存在的只是一个永恒的万物自身之流变过程。流失的并不是时间，而是万物本体自身。所以《圣水传奇》中的故事人物，在其生命的运动中，生命不仅可逆，还可永生。

再比如对善恶的评断。作者意识到，从宇宙过程的本体观来看，每一种破坏（恶）都是进步，通过对局部有限的“恶”，最终会达到总体和全局能分获的“善”。

因此，宇宙中本无绝对的善和绝对的恶，两者常常互相转换。所以，故事中几乎所有的妖魔鬼怪，在变成恶魔之前，都有一段一心向善和被邪恶所欺的悲惨历史，最典型的莫过于诅咒老太（从人变成魔）这一人物了。

在实际生活中，人们往往容易被眼前看得见、摸得着的有形事物所左右、所蒙蔽，甚至被欺骗，而忽略了在有形事物的背后、对有形事物有时起决定性作用的无形的意志和力量。小说《圣水传奇》营建了一个又一个诡异神奇的虚幻之境、梦幻之境，映照出的是真实的影子，或者说是更高层面上的真实。其背后，蒙古族人认为，是长生天的意志和宇宙的能量。在这部小说中，作者把蒙古民族的历史史实、民间传说、神话故事、宗教信仰乃至整个民族的梦想，都融会贯通，注于一炉，把文学虚构的力量发挥到极致。

反复读过小说《圣水传奇》之后，总有一个念头在我脑海中回响，那就是：梦的力量，其实不在梦本身，而在其后。

佛家讲的是因果报应，生死轮回，其核心是业力；道家讲的是天地人之大道，其核心是宇宙生命；蒙古萨满教敬拜和倾听“长生天”，注重宇宙生命的和谐，其核心是万物有灵。《圣水传奇》进一步让我相信，蒙古民族因为敬畏“长生天”，所以是离天最近的民族。

小说的结尾处理得既巧妙又意味深长，留下了一连串叠加的意象：喝了圣水的成吉思汗“获得了永生，他回归了天庭”。读到这里，忍不住掩卷沉思：是的，成吉思汗没有死，他穿越了历史的苍茫时空，一直活在当下，以不同的生命形式影响着世人。历史的进程也证明了这一点：任何抹杀成吉思汗过去活着、现在依然活着、未来还将活着的企图，都是枉费心机。

小说作者那仁毕力格既是演员又是导演，同时还从事小说和剧本创作。笔者与他的相识既属偶然，又在情理之中。

话说三年前，笔者在为一部蒙古草原题材的微电影物色男主角，那仁毕力格成为候选人之一。一天晚上。在呼和浩特一家酒店大堂，我们相约而见。谈了不到20分钟，我就对他说：“就这么定了，由你出演男一号，我也不再找其他人了。”

在拍戏的过程中，我暗自庆幸自己选对了人。那仁毕力格不仅拍戏投入，对其所扮演的角色充满激情，还对自己民族的民俗、历史和文化有独到的体验、认知并怀有深厚的情感。在这部戏的剧作、表演、台词以及与其他演员的配戏上，都给过我许多有益的提示和建议，让我很受感动。

影片取得了小小的成功，在国内获得了许多奖项。那仁毕力格每次见到我，都像刚得了奖一样异常兴奋。一次酒酣耳热之际，我和他随便聊起量子力学，当我谈及量子力学的发现对人类社会的宗教、哲学、科学、艺术等各方面的深刻影响时，我发现，他比听到他自己得了大奖还兴奋。

没过多久，我们又见面了。他还是那样兴致勃勃，告诉我说，他刚写了一部小说，希望我能为他的小说润笔。

他所说的小说，就是现在摆在大家面前的《圣水传奇》。

那仁毕力格的父亲和母亲退休前都是旗县的国家干部，也是内蒙古自治区作家协会的会员，出版过几部小说。几年前，他与父母合作，创作并发表了蒙古文版小说《圣水传奇》，在蒙古文读者群中产生了极大影响，获得了广泛赞誉。后来，那仁毕力格在蒙古文版小说的基础上，用汉文重新改写和创作了现在这部小说。

我只是抱着试一试的态度，答应了他的请求。

说实话，读初稿的时候，文字实在很粗糙，标点符号和错别字也很多；在表达方式上，残留了许多蒙汉两种文字转换过程中产生的碎屑。但是，就小说本身而言，无论是故事的趣味性还是文学创意，都引起了我浓厚的兴趣，让我感觉到这是一部好的文学作品。

当小说的故事和人物以及作者的立意清晰地在我脑海中呈现的时候，我毫不犹豫地拿起笔，从头到尾开始逐字逐句地修改，甚至连整体结构也做了很大的调整。不用说，这部小说是块金子，打磨掉表面的粗糙之后就会闪闪发光。

反复修改之后，书稿交回那仁毕力格的手里。小说即将出版之时，他又热情洋溢地请我为他写个序。

我再三推辞，希望他找一位蒙古文学专家或知名作家来写，无奈他再三坚持，我恭敬不如从命，只好硬着头皮答应了。

从小说本体论的角度讲，这部作品可以说不是一部严格意义上的小说，倒不如说更像是一部神话传奇故事或影视剧文学脚本。对小说稍做改动和调整后，就能延伸出多种类型的视觉表现形式，玄幻电影、神话影视剧、动漫，甚至连环漫画和网络游戏，都可以在这部小说中找到灵感。至于作品的知识产权（IP），以及由此引申出的文化产业链，那就仁者见仁，智者见智了。

小说即将付梓，笔者期望小说不仅能给广大读者带来阅读上的愉悦，还能带来情感和心灵上的双重震撼、感悟和启示；更期望那仁毕力格能百尺竿头，创作出更多更好的作品来。

是为序，非序也。

蒙哥

2019 年 10 月 1 日于北京塞纳维拉

目录

初露锋芒

初露锋芒

那是成吉思汗统领蒙古铁骑征服世界的时代。

清晨的太阳照在广袤的平原上，雾气笼罩着远处的湖面，清凉的微风吹过草丛，露水慢慢地从弯曲的草尖上滴下。飞起飞落的野鸭在湖中觅食，喝完水的野鹿成群结队地跑进树林深处。一群大雁从天空飞过，飞向太阳，与朝霞融成一片。

不远处有一座村庄，早起的人们在乡间劳作。爬到树上玩耍的孩子们，发现远处漫天荡起的尘土，他们用手指着喊着，人们的目光都投向孩子们手指的方向。

一队上万人的骑兵，黑压压地在田野中行进。他们的装束与当地的军队有着明显的不同，一看就知道是从别处而来。

骑兵的阵型不算整齐，士兵们互相嬉笑着，有的催马跑出阵队，相互追逐，有的三三两两下马，跑进树林里解手，还有的在马背上擦拭着自己的战刀……

突然，有一条被打成死结的碗口粗的黑蛇，张着大嘴，趴在路中间，挡住了他们的去路。士兵们不明白这是何种征兆，不敢前行。走在最前面的指挥官跳下马，慢慢走到了黑蛇的跟前，停步，仔细端量了片刻，随后他面朝太阳，掌心朝上，打开双臂，右膝点地，闭上眼睛，嘴里默念了一些话，然后站起身，从腰间取下皮囊，拉开盖子，使劲朝里面吹了一口气，再把里面的马奶，倒在黑蛇身上。洁白的马奶，瞬间腾出一团白雾，黑蛇立刻解开死结，从嘴里吐出一只黑色的老鼠。浑身粘满黏液的老鼠醒过神，急忙用两只小前爪扒开面部的黏液，睁开眼睛，一溜小跑钻进了路边的老鼠洞。黑蛇受了马奶的洗礼，颜色由深变浅、由黑变白，变成了一条白蛇。白蛇晃动着身体，向指挥官点了一下头，钻进路旁的草丛里不见了踪影。

看见眼前的情形，士兵们兴奋不已，不约而同地大声喊起了"呜嗨——呜嗨——"士兵们的喊声响彻云霄，吓得远处劳作的村民急忙跑回家，关紧门窗，不敢出来。

指挥官飞身上马，带领骑兵一路前行。走了不一会儿，远方隐约显现出一座城池的轮廓。指挥官勒住缰绳，示意大家下马休息。这时，先前派出去的侦察兵回来复命，指挥官了解完情况以后立马进行了作战部属。

他们长途跋涉，马不停蹄地在三个月内走完了一年的路程，翻过雪山，越过沼泽，除了很少一部分人在路上发生意外，个个都克服了路途的凶险，战胜了无数困难走到了这里。听到指挥官的命令，四千多人的重甲兵，兵分两路，各自退向了之前路过的山丘后面和山冈上；一万五千人的轻骑兵，分成十五个千人方阵，摆开一字长蛇阵，向前方的城池靠拢。

此时这十五个千人方阵，阵型整齐无比，虽然蓄势待发，但是行进速度非常缓慢，显然是在给城中守军足够的时间集结军队。这些被晒得黝黑黝黑的脸庞上冷冰冰的没有任何表情，气氛安静得让人恐惧。他们犹如一群野狼，目不转睛地盯着远处的城池，一步一步靠近着。此时天色突变，乌云也随着他们的步伐，慢慢压住了前方城池，笼罩了整个大地。

城池上的哨兵看到有敌军靠近，立即吹响了警备号角，城中顿时大乱。守城将领早就听闻会有敌人来袭，但怎么也想不到会来得这么快，他急忙调集五万骑兵出城应战。

从守军的阵型和步伐上看，守城将领是一个经验丰富的将军。出城后，大部队迅速稳住了阵脚。众多步兵从城中鱼贯而出，排列在骑兵方阵后面。

两军对垒，双方的兵力极为悬殊，守城军队在兵力上占绝对优势。

守城将领威风凛凛，大概五十岁的模样，身材微胖，浓眉大眼，满脸大胡子，头戴白色纱巾，身穿白色长衫，光着脚，被众人簇拥着，走到了一辆巨大的马车前，上六阶步梯，走到一个木质平台上。平台中间是一个伊斯兰风格的大帐，里面有正坐和偏坐，共五坐。车身高六尺，由八匹马牵引。守城将领大摇大摆地坐在正坐上。马车开始启动，一直走到阵队的最前面。他看着远处来袭的敌军，用手指捻了捻胡子，不由得发出藐视的笑声。坐在偏坐的四位将领，也迎合着笑着。

攻城的蒙古指挥官，四十几岁的样子，身穿银盔银甲，身材瘦高，豹眉狼眼，不怒自威，高鼻梁，嘴唇下有三撮小胡子。他名叫哲别，是大蒙古国开国大将，天下闻名的神箭手，成吉思汗的九杰之一。他的本名智尔呼阿代，“哲别”这个名字是成吉思汗给他起的，蒙古语是“箭头”的意思。

他曾跟随札木合与铁木真打仗，一箭射穿了铁木真的脖子，还差点儿要了铁木真，也就是后来的世界征服者成吉思汗的命。

札木合战败后，智尔呼阿代被铁木真俘虏，铁木真的部下都恨不得将他千刀万剐。他被士兵们捆绑到了铁木真的面前。

铁木真问："是你一箭把我的马脖子射穿了吗？"

智尔呼阿代不屑一顾地说："对，是我。"

铁木真看到他这般视死如归的表现，突然心生敬意。

铁木真说："虽然你差点儿要了我的命，但是我很佩服你。"

智尔呼阿代瞬间品出了铁木真的内心："您杀了我，也只不过玷污羊皮大的地方。如果留下我的命，我将终身为您而战。"

铁木真先是佩服他的勇气，之后更加佩服他洞察秋毫、反应神速的智力："你的箭射得这么好，以后就叫你哲别吧。"

从此以后，智尔呼阿代更名为哲别，跟随了铁木真，为成吉思汗征服世界立下了汗马功劳。

他的身边是军师，名叫速不台，成吉思汗的"四獒"之一。他穿戴银盔银甲，佩带宝剑，皮肤黝黑，方脸，细眉毛，小眼睛，宽下巴，厚嘴唇，黑色的络腮胡，身材魁梧高大。他足智多谋，指挥过数次漂亮的战役，是享誉世界的常胜将军，罕见的军事奇才。

一场拼杀即将开始，空气中都是浓浓的战火味，乌云翻滚着，一道闪电划破长空，哲别率先下达了进攻的命令。蒙古铁骑轰隆的马蹄声，顿时盖过了闪电过后的雷声。

将士们抽出弯刀，嘴里大喊着“呜嗨——呜嗨——”冲向敌军。马蹄扬起的尘土，被狂风卷起，形成一股强劲的沙尘，扑打在守城士兵的脸上。一粒沙子迷住了守城将领的眼睛，他低着头用手擦拭着，嘴里还不停地骂骂咧咧地说着些什么。

电闪雷鸣之后，大雨倾盆，守城将领也下达了冲锋号令。相对冲锋的双方骑兵，越来越近，再有几百米就要短兵相接，蒙古骑兵突然勒住缰绳，向反方向拨马而逃。

看到眼前的情形，守城将领先是愣了愣神，然后不由得哈哈大笑，下令追赶在逃敌军。

一旁的裨将进言道：“将军，不可轻举妄动，小心敌人使诈。”

守城将领成竹在胸地说：“在自己的地盘上和这么几个懦夫作战，还用得着畏首畏尾吗？给我追！”

蒙古轻骑兵边战边退，引着敌人跑得越来越远。雨过天晴，天光已近黄昏，守城军队的马已经跑不动了，而这点儿距离对以耐力著称的蒙古马来说，只能算是热身而已。守城军队的方形阵型，此时已变成一个绵延数十里的稀稀拉拉的长条，后面还跟着不少步兵。

哲别身边几个背着牛皮鼓的信号兵，用鼓声传递着哲别的命令。

听到鼓声，佯装撤退的两队蒙古轻骑兵，悄悄完成了从两翼对追兵的包抄。当将要跑到昨天路过的山谷时，逃跑的蒙古大军突然兵分两路，回过头来，从两翼把追兵夹在中间，在自己的弓箭射程范围之内，飞快地来回骑射。追兵就好像秋天收割的麦子一样，从马背上掉下来，剩下的守军追兵被箭雨一步一步逼入山谷。

此时，交战双方都已经相当疲惫，按理说应该埋锅做饭，休息过后继续再战。但是埋伏在山丘后面的将近五千人的蒙古重甲兵早已吃饱喝足，蓄势待发，这时他们突然从天而降，一下子将守城军队逼入了绝境。

哲别小时候，见过冬天下完雪，几十匹狼组成的狼群，听从狼王的指挥，愣是把上千只黄羊的黄羊群，赶到被大雪淹没的山沟里，大部分黄羊会陷进雪坑里，动弹不得，直到冻死，然后狼群再过来，悠闲地享用美味。

哲别指挥的蒙古骑兵，就像狼群赶黄羊一样，经过几个时辰的鏖战，把守城军队的几万骑兵和后面的步兵都赶进了山谷。重甲兵骑着马，围着敌军不停地进行近距离射杀。月光下守城军队拼死突围，可一次又一次地被射杀回去。

还有一部分蒙古士兵埋伏在山冈上，居高临下，守株待兔。每个人旁边除了弓箭，还放着上百根用刀子削尖的、箭一样尺寸的木柳。他们耐心等待着，只要敌军被重甲兵赶过来，他们就开始万箭齐发。

此时哲别带领轻骑兵，早就到湖边饮马，吃饭休息了。蒙古人宰了牛以后，把肉风干、捣碎，然后装进牛的膀胱里。一头牛的膀胱能装进一整头牛的肉。顾不上埋锅做饭的时候，吃一些风干肉、喝点儿马奶，就是一顿饭。

重甲兵被厚实的铠甲保护着，可以与敌人近距离交手。天刚亮的时候，重甲兵抽出弯刀，冲入守城军队的阵营中，就是一阵砍杀。尤其是重甲骑兵对步兵，犹如砍瓜切菜一样，从马背上用弯刀砍步兵的前胸，就像砍秋天熟透的西瓜，“嘭”的一声裂开，喷出鲜红的热血，里面的心脏还在怦怦地乱跳。

重甲兵一轮扫荡过后，又去与养完精蓄完锐的轻骑兵会合，合力射杀敌军。

激战两天两夜后，城外的守城军队全部被歼灭，而蒙古军伤亡极少。

蒙古大军调转马头，再去攻城。守城将领得知自己派出去的军队全军覆没后，撇下城池，带着自己的护卫，坐着马车，逃之夭夭了。

哲别率军赶到城下，看见敞开的城门，没有立刻进入，而是先是把城池围起来，再派侦察兵寻找敌军的踪迹。

没过多久，侦察兵通过马蹄印、车辙印和草木的弯折，侦查到了敌军指挥官逃跑的路线和大概人数。哲别立即派出五百轻骑兵进行追击。

一辆大马车在官道上疾驰，后面跟着几十名骑兵。坐在大马车上的守将领，头发也乱了，衣服也脏了，垂头丧气。

突然，从路边窜出来一只黑色的狐狸，吓得拉车的马扬起前蹄，摔倒在地。侧翻的马车在惯性驱使下，带着马一起翻滚，里面的人被甩了出来，重重摔在地上。守城将领疼得趴在地上动弹不得，后面跟着的护卫刚要下马，就看见远处的蒙古追兵。除了指挥官的几个心腹，其他的护卫四散逃离，不知去向。

这场战役，就是大蒙古国派往花剌子模的四百五十人的商队，被亦纳勒出黑和阿拉乌丁·摩诃末杀害后，成吉思汗极为震怒，派出哲别和速不台为首的两万大军，万里征讨花剌子模的第一战。

西夏王妃

西夏王国李德王汗有三位妃子，她们三位都是深山里修炼的妖精，大姐是黑蛇精古尔布丽金高娃，二姐是老鼠精吉格替横，老三是狐狸精纳米亚。

本来，老鼠精吉格替横修炼的年头最长，在姐妹三个当中法力最强，一直以大姐自居。她在人间待过，与其他两位妖精相比算是见多识广了。在山里修炼的时候，老鼠精经常讲人间的事情来显摆。听了她说的人间趣闻，另外两位都向往着人间的生活，最渴望的事情就是成为一个凡人，所以平时狐狸精和黑蛇精都很崇拜这位见多识广的大姐，更不敢惹她。

有一天，电闪雷鸣，大雨滂沱，湖面上卷起来的水龙卷直至天河，把天河里面的三条鲤鱼卷下凡间。

大雨过后，晴空万里，黑蛇精古尔布丽金高娃爬出自己的洞口，发现草丛中有一条闪闪发光的金色鲤鱼，在浅浅的雨水里使劲地扑腾。古尔布丽金高娃看到眼前的金色鲤鱼，口水都流了出来。她张开大嘴，飞快地爬了过去，吞下了整条的天河鲤鱼，天河里的鲤鱼每天吸收日精月华，体内都是灵气。黑蛀精充分吸收了天河鲤鱼的灵气，整个身体立刻飘了起来，每个血管里都流动着金光，身体里好像在不断地输入着能量，让她感到无比的舒服。

狐狸精纳米亚从狐狸窝里懒洋洋地探出身子，看到地上的金色鲤鱼，高兴地跑过去，分成两口吃了。因为是分了两口，所以漏出了一部分灵气。

老鼠精吉格替横从老鼠窝里出来，也吃了金色鲤鱼。由于老鼠精嘴巴太小，分了好多口才吃完，所以漏出了一半的灵气。

根据吸收灵气的不同，三人法力各有高低，她们三个不但都幻化成了人形，而且都幻化成妖娆多姿的妙龄少女。从此以后，她们三姐妹的顺序也发生了变化，吸收灵气最多的黑蛇精法力最强，自然成了大姐。

由于她们不是通过修炼幻化成的人形，所以心智上很不成熟，就像一夜暴富的暴发户，有点嘚瑟得不行了的感觉。

这三个妖精突然有了上乘的法力，都没有了继续修炼的恒心，再加上老鼠精多年讲述人间趣闻，三个妖精决定下山去游玩。

第二天早晨，三个妖精骑着仙鹤，飞向了人间城市。为了不引人注意，她们飞到了城市边上，徒步走进了夏州城。二姐吉格替横事先就告诫另外两位："咱们来到人间，就是为了游玩，不要与人发生冲突，省得被人发现，横生枝节。"

古尔布丽金高娃提高嗓门，没有好气地说："你说得对，但是从今天开始，我是大姐，以后都要听我的！"

三个妖精来到繁华街道上，边逛边玩，虽然身上的穿着很破旧，可个个都是貌美如花的少女，男人们都目不转睛地看着她们。她们把路上行人的扇子抢过来玩，行人也不和她们生气；把上房修瓦的瓦匠梯子放倒，瓦匠看着她们，也只是无奈地笑着。

路过菜市的时候，她们被琳琅满目的商品吸引，到处乱窜。黑蛇精古尔布丽金高娃和狐狸精纳米亚看到卖活鸡活鸭的，高兴地直接打开笼子，拿起来就吃，吓得摊贩老板大声叫唤："妖怪，妖怪！"叫声引来好多人围观，两个妖精把鸡鸭的笼子都打开，从笼子里扑腾出来的鸡鸭，被她俩赶得满天飞。人们站在远处指指点点，黑蛇精和狐狸精才不管那么多呢，她俩左手拿鸡，右手拿鸭，不停地往嘴里塞。

老鼠精吉格替看到粮食铺子里的粮食，喜出望外，流着哈喇子跑了进去，用双手把面粉捧起来吃，然后用米斗舀米吃，还直接抱起油瓶喝油，喝饱了以后，钻进米堆里翻腾，最后油瓶也打了，米箱也翻了，折腾得乱七八糟。看到眼前发生的一幕，粮铺老板真的不敢相信自己的眼睛，跑出去叫来好多人。人们都拿着扁担、炉钩子、笤帚等工具，往外驱赶吉格替横。

老鼠精吉格替横感觉不对劲，定了定神，又想起了另外两位小妖精，迅速躲开了人们的攻击，使劲往外跑。

黑蛇精古尔布丽金高娃和狐狸精纳米亚吃得脸上衣服上都是血，吓得周边的人们不敢看，跑得老远，胆大的后退几步，用手挡着脸看。

古尔布丽金高娃和纳米亚被几个卖肉的小商贩当成疯子往外赶，这时，浑身上下白花花的吉格替横跑了过来，两个妖精刚要对小商贩还手，就被吉格替横拉了出来，飞快跑出了集市。

老鼠精带着另外两个妖精穿过了繁华的街市，到了一个僻静的小胡同里，找到一口井，打上水来开始洗。脸上的血迹和米面洗干净了，身上的血迹和油渍却怎么也洗不掉，身上的衣服都湿了，头发和杂草一样乱糟糟的，狼狈不堪的三个小妖精，互相对视着笑着。

吉格替横说："咱们应该找一个绸缎庄，每个人去挑一身好看的衣服。"

古尔布丽金高娃问："绸缎庄是个什么东西？"

纳米亚接过古尔布丽金高娃的话，逞能地说："那肯定是做好看衣服的地方。"刚说完，被古尔布丽金高娃用凶狠的眼神瞪了一下，吓得纳米亚再不敢吱声了。

古尔布丽金高娃："吉格替横，你前方带路。"

其实，带路的吉格替横也不知道绸缎庄在哪儿，就在大街上边转边找，拐来拐去地走了好长的路，终于找到了一个绸缎庄。

绸缎庄里，一个老妈子正在和绸缎庄的老板说话："一看你就是下了功夫。我先把衣服拿走了啊，下午我派人把钱送过来。如果这次大赛我家姑娘夺了花魁，我另有赏赐。"

绸缎庄老板把已经包好的衣服送到老妈子手里，边说边瞥了一眼身旁，有说有笑又花枝招展的三位女子："那就太谢谢途欢妈妈了！您家的这三位姑娘，出落得如此花容月貌，再加上我家量身定做的锦缎长裙，肯定能夺得花魁之位。"后面的大茶壶过来，从途欢妈妈手里把衣服接到自己的手里，途欢妈妈得意地笑着。

那三位女子正在看衣服选绸缎，不经意回头一看，见三个头发凌乱，穿着破旧，衣服上面还血迹斑斑、沾满油污的三个姑娘，站在她们后面，冲她们傻傻地笑着，吓得三位女子边躲边喊：“你要干什么？赶紧走开！”

绸缎庄老板赶过来：“出去出去，哪儿来的三个小疯子！”与伙计们一同把她们赶了出去。

她们三个愣愣地站在门口，黑蛇精和狐狸精正要施展法术，被老鼠精拦住了。

途欢妈妈带着三位女子，大摇大摆地走了出来，后面还跟着两个大茶壶。

看着三位女子曼妙的身姿和华丽的装束，三个妖精羡慕不已，不由自主地跟在后面。

两个大茶壶发现了后面跟着的三个小妖精，回过身来，用手指着三个妖精：“没吃的给你们啊，给我滚得远远的！瞧你们那脏兮兮的样子，真是晦气！”让大茶壶这么一训，三个妖精站在原地，不知如何是好。

古尔布丽金高娃不解地说：“我们真的有那么讨厌吗？怎么人们都让我们滚得远远的？怎么才能和她们一样？”用手指了指前面的三位女子。

纳米亚感叹：“她们的衣服好漂亮呀！我们如果穿

上她们的衣服，也许人们就会喜欢我们了。”

吉格替横灵机一动：“对了，咱们悄悄跟在他们后面，找个机会，把她们的衣服偷出来，穿上不就得了。”

纳米亚问：“什么是偷？”

吉格替横回答：“这个你们就不懂了，要说偷我可是鼻祖。我以前在人间的时候，经常挨家串户地到处偷东西，你俩跟着我就行了。”

古尔布丽金高娃高声道：“就算是偷，也是我带头使唤你，不要忘了自己的身份！”说完，把嘴里的长信子吐了出来，吓得老鼠精后腿几步，向远处张望了一下，又把话题扯开，“你们看，她们都走远了，咱们得赶紧跟上她们。”

途欢妈妈带着三个女子和两个大茶壶走到了一个牌匾上写着“逍遥楼”的地方。那是一个外表很华丽、装修很气派的三层楼。他们从大门走了进去。两位龟奴迎了过来，途欢妈妈问：“姑娘们的洗澡水准备好了吗？”

龟奴回答：“您放心吧，已经准备好了。”

途欢说：“多准备香料，我要让三位姑娘香气扑鼻，参加晚上的花魁大赛。这次的花魁，肯定是咱们逍遥楼的，哈哈——”说完摇着折扇，挺着肚子，走上楼梯。三位女子也跟着上了楼梯。

三个妖精左右张望了一会儿，趁着没人，悄悄走上了楼。她们左看看，右瞧瞧，看到有的屋子里姑娘们在洗澡，有的屋子里姑娘们在弹琴，有的屋子姑娘们在学书法。她们仨躲进了一间没人的屋子里，没想到屋子里就放着那三位女子刚换下来的衣服和一大盆水，三个妖精高兴用洗衣服的香料洗干净了自己的头发。换上了各自喜欢的衣服，又学着那三位女子的样儿，扎好了头发。虽然没有金钗银簪，但是天生丽质的三个妖精，顿时就变得美艳无比。

三妹狐狸精纳米亚穿着一身黄色的绸缎长裙，高鼻梁，水汪汪的大眼睛会说话，妖娆多姿，美得不可方物。二姐老鼠精吉格替横身穿一身绿色绸缎长裙，殷桃小口，瓜子脸，白皙的皮肤，勾魂的眼睛，美得沉鱼落雁。大姐黑蛇精古尔布丽金高娃一身粉红色绸缎长袍，柳叶眉，凤尾眼，尖下巴，端庄大气，美得倾国倾城。三姐妹互相看着，纳米亚就说：“二位姐姐，你俩比那三个姑娘要好看多了。”

吉格替横回答：“你也不差。”

纳米亚高兴地说：“真的吗？那咱们现在出去，他们应该不会讨厌咱们了吧？”

没有底气的吉格替横怯生生地说：“咱们还是等到

晚上再出去吧。”

古尔布丽金高娃点点头：“那好，这次就听你的，咱们就用法术隐身，等到晚上人少点儿，咱们再出去。”

今晚逍遥楼出奇地热闹。社会各界有钱公子哥和达官贵人们纷纷到场。为了夺得花魁大赛的桂冠子，夏州城的各大青楼的老鸨子们带着自家的头牌姑娘，前来参加大赛。人越聚越多，司仪在台上有条不紊地主持着大赛。

实在等不及了，三位妖精不管人多人少，悄悄溜出了布草间，故作镇定地走下了楼梯。刚要出门，她们被门口跑堂的大茶壶看见了。大茶壶满脸堆笑地说：“三位姑娘，大赛场所在这边，小的带你们过去。”

三位妖精先是一惊，定睛一看，正是今天呵斥她们的那个大茶壶。但是现在这个大茶壶很有礼貌地把她们让到了大厅里。

三位妖精走进大厅，看见一位胖胖的公子独自占了一个席位，桌子上摆满了珍馐美味，后面还有很多打手和保镖。在布草间憋了一天的三个小妖精，看到香气扑鼻的美食，不由分说，都坐到了胖公子旁边，大快朵颐起来。打手正要阻止她们，被胖公子摆手阻止，退回了原位。从来没有见过这么漂亮的姑娘，胖公子一个劲地给三个妖精端茶倒酒，献殷勤赔笑脸。她们三个也不含糊，觉得自己换了衣服以后，大受欢迎，高兴得乐翻了天，学着人类的样子，拿着筷子，举着酒杯，与胖公子有说有笑，吃着美食，喝着美酒，看台上的美人表演。

各家的姑娘们按照顺序，挨个展示自己的美貌与才华。这些姑娘不但漂亮，而且才华出众，个个都是琴棋书画无不精通。台下大饱眼福的公子哥们，一个劲儿地给姑娘们叫好。

果不其然，最后途欢妈妈的三位姑娘取得本次大赛的花魁。

司仪很庄重地给三位姑娘授衔，台下立马就有人出大价钱包养，乐得途欢妈妈的嘴都合不拢了。

突然，胖公子站了起来，略带醉意地大声喊着："我不服！你们看我旁边的三位姑娘，哪一个没有台上的三位漂亮？"

台下喧哗声一片，有的喊着："就是啊，太美了！"有的叫着："看不清啊，是骡子是马拉出来遛遛。"有的嚷着："到台上去，让我们看一看。"

司仪在慌乱当中定了定神："请大伙静一静，大伙静一静！那就有请三位姑娘让大家一睹芳容，如何？"大伙起着哄，胖公子得意扬扬地举着酒杯站着。

在胖公子的怂恿下，三个妖精前后排成一排，走上了台，转过来面朝观众时，台下一片哗然。三个妖精可真是“回眸一笑百媚生，六宫粉黛无颜色”。她们本来就是妖精，借着酒劲儿，学着之前的姑娘们搔首弄姿，妩媚妖娆的身姿和美丽的面庞，瞬间折服了在场所有的人。

台下观众议论着：“她们才是花魁。这是谁家的姑娘啊？”台下的途欢妈妈顿时怒目圆睁，本来到手的花魁就这样被别人抢走了，恨得牙根痒痒。

司仪过来问：“三位大美女，你们真是美若天仙。可否问一问，你们是谁家的姑娘啊？”

纳米亚说：“我们是山里的……”还没说完，就被老鼠精捂住了嘴。

古尔布丽金高娃说：“我们也不知道。”

台下顿时安静了下来，这时途欢妈妈才发现，她们三个身上穿的正是自己家姑娘换下来的旧衣服。她眼睛滴流乱转了几圈，厚着脸皮喊了一嗓子：“她们三个也是我们逍遥楼的。”

人们都看向途欢妈妈，又看向三个妖精。三个妖精突然有了归属感，高兴地冲着途欢妈妈笑着：“我们就是逍遥楼的。”

途欢妈妈听了，又是得意，又是高兴，笑得嘴都合不拢了。她从台下一溜烟跑上去，挨个拥抱三位妖精:“我的女儿们啊，你们就是我的亲闺女啊！哈哈哈——”

当天晚上，三个妖精就被途欢妈妈以每人一万两白银的价格包了出去。一个是与她们喝酒的巴利公子，他包下了大姐古尔布丽金高娃；一个是城中首富的儿子刚照公子，他包下了二姐吉格替横；另一个就是逍遥楼的老板巴银宝老爷，他包下了三妹纳米亚。

这三个男人从此就住在了逍遥楼，每天与这三位妖精花天酒地，对三个妖精甜言蜜语，疼爱有加。

三个妖精也好像找到了自己的幸福，一直在大山里憧憬的人间生活终于实现了，而且还如此美妙。她们动了真情，全心全意爱上了自己的男人。

她们以为，这就是人间的婚姻，所以她们像小媳妇一样，每天用心伺候着自己的夫君。途欢妈妈也无微不至地照顾着她们，什么好吃吃什么，什么好玩玩什么，给她们三个做新衣服，佩戴金银首饰，买胭脂、口红、水粉、化妆品，还专门请来老师，教她们唱歌跳舞，学习琴棋书画。不管对别人怎样凶狠，途欢妈妈对她们可是温柔体贴，说话的语气都柔和无比，简直比亲妈还亲。

这样的生活没持续多久，三个男人的激情开始消退，时候往外跑了，有的时候好几天才回来一趟，有的时候钻别的姑娘的房间了。

有一天，纳米亚和吉格替横的男人都外出没回来，两个无聊的小妖精坐在大厅喝茶聊天，发现古尔布丽金高娃的男人挽着别的姑娘，进了那个姑娘的房间。

吉格替横和纳米亚马上跑去找古尔布丽金高娃，告诉了她。听到这个消息，黑蛇精突然有了一种心在滴血的感觉，疯了似的跑到那位姑娘的门口，听见里面自己的男人与别的女人嬉嬉闹闹的声音后，直接踹门进去，咬死了巴利公子和那个姑娘。

三个妖精气急败坏，踹门进入了途欢妈妈的房间，质问途欢妈妈。

途欢妈妈言辞非常尖锐："你们以为这儿是哪儿？这儿是青楼，是男人们花钱买笑的地方。别和我说你们动了真情，那都是屁话，男人们才不和你们动真情呢。别说你的男人找了别的女人了，就是你们两个的男人，也去别的地方包养女人去了。"

听了途欢妈妈这些话，另外两个妖精也伤心地哭了："你说的是真的吗？"

途欢妈妈回答："你们也太天真了，没听说过'一双玉臂千人枕，半点朱唇万人尝'吗？你们是世界上最下贱的女人，是妓女，你们还不晓得吗？”

三个妖精梦想着到人间成为凡人，没想到误打误撞成了人间最下贱的女人，自己还一直被蒙在鼓里。受了奇耻大辱的三个妖精一同攻向途欢妈妈。她们没直接咬死途欢，而是一点一点听着途欢的惨叫声，解着心里的气，慢慢咬着。突然，满口是血的古尔布丽金高娃停止了撕咬，问途欢：“怎么样才能成为世界上最高贵的女人？”

奄奄一息的途欢断断续续地说：“成为……国王……的女人……”

听这到里，对眼前的生活失望透顶的三个妖精眼睛放了光。黑蛇精对另外两个妖精说：“那咱们都成为国王的女人吧！”

古尔布丽金高娃又问途欢：“国王在哪儿？”

途欢断断续续地回答：“在……邦泥定……城。”说完就咽了气。

当天晚上，三个妖精又找到了另外两个负心汉，咬死了他们，第二天她们飞到了邦泥定城。

不知道该去何处落脚，无奈的她们，还是轻车熟路地走向了邦泥定城最豪华的妓院。

这回她们都变成了富家公子的模样，每天在青楼里欣赏歌舞，吃喝玩乐，等待着国王的消息，幻想着成为王妃以后的生活。

有一天，她们听说国王要外出巡游，也知道接近国王有多么难，所以早早就做好准备，计划用自己的歌声吸引国王的注意力。

大街上从早晨开始就用黄土垫道，用净水泼街，国王的安保工作更是戒备森严，普通人想接近国王比登天还难。国王坐在龙撵上，突然听到了一阵美妙的歌声，他下令停撵寻找。国王迎着歌声找了半天，带着几个护卫跑了两条街，到了没有戒备的熙熙攘攘的人流中，发现三个花容月貌的美女正在繁华街道的房顶上一边唱歌，一边跳舞，国王一下子就她们被迷住了。

这个国王，就是西夏李德王汗。

他把姐妹仨接进了王宫，都册封为妃子。

什么最幸福

什么最幸福

金秋时节，北雁南飞，清风拂过草原，草丛就像海浪一样起伏荡漾，漫山遍野的牛羊低头吃着草。蒙古草原一片祥和的景象。

斡难河边，扎着许多大帐和蓝花边的蒙古包，远处是看不到边的马群，有的在草原上奔跑，有的在河边饮水。

成吉思汗与自己的爱妃也遂夫人，在金顶大帐中喝茶聊天。

成吉思汗中等的身材，头戴白色毡帽，身穿白色锦绸长袍，腰系金镶玉的腰带，脚下蹬着鹿皮长筒靴。他古铜色的皮肤，面容微胖，威严且慈祥；额头上帽檐中间是一缕刘海；棕色的鹰一般的眼睛，目光如炬；高颧骨，高鼻梁，薄嘴唇，花白的胡须，眉宇间的气质世上无双。

也遂夫人相貌极美，浓眉毛，棕色的大眼睛，高鼻梁，红嘴唇，尖下巴，小麦色的皮肤，穿着白色锦绸长袍，腰系镶满宝石的银色腰带，脚下蹬着鹿皮长筒靴。

也遂是塔塔尔大其仁的女儿，是成吉思汗四大妃子之一。她年轻貌美，智慧出众，深得成吉思汗的喜爱，不管是公事还是私事，都喜欢与她商量。

这天早晨，成吉思汗发现也遂夫人比平时沉默少语，只是一直默默地看着自己，觉得肯定有事，就询问缘由：“爱妃，因何事如此寡言？”

也遂道：“臣妾在为大汗之事忧虑。”

成吉思汗说：“愿闻其详。”

也遂讲：“大汗，您每次出征之前，可曾想过国家社稷之事？如若有一天，大汗山一般的身体垮下时，谁来接管庞大的汗国？擎天柱一旦倒塌，谁来扛起大旗、撑起天？在您的四个儿子当中，可有人选？为了皇室家业和天下苍生，臣妾以及满朝文武都在等待大汗圣心独断。”

听完也遂夫人的话，成吉思汗思虑良久，对也遂夫人说：“也遂爱妃虽是女流之辈，但是说出了最紧要的事情。弟弟们、孩子们、孛斡尔出、木华黎、哲别他们，谁也没提出这样的问题。每个人都会老去，谁也不例外。

夫人提醒得极是。”

这个时候，外面禀报，四个儿子前来拜见父汗，随后术赤、察合台、窝阔台、托雷进入大帐。

四子进帐，右膝点地，给父汗请安。

恰逢早茶，成吉思汗赐四子一同进膳。

进膳期间，成吉思汗下令说：“术赤、察合台、窝阔台，你们三个率领右路大军，攻打讹答剌，入乌塔尔城，为汗国一洗前耻。”

三人站起，异口同声地回答：“谨遵父汗圣训！”

这时，察合台近前一步：“我们兄弟三人一同率领大军，由谁为主帅？请父汗明示。”

察合台是成吉思汗的次子，后来建立了察合台汗国。他从小跟父亲成吉思汗征战南北，做一切事情都会遵循法律，有着大公无私的性格，所以成吉思汗让他管理大蒙古国的法律事务。

听了察合台的话，成吉思汗想起了刚才与也遂夫人的对话。

成吉思汗讲：“现在，趁你们四位兄弟都在，要如实回答我的问题，我要听你们的真实想法。”

四子异口同声地说：“请父汗教诲，孩儿们绝无谎言！”

成吉思汗捧起一个金丝银边的木碗，看了看四个儿子，喝了一口茶，问：“我的问题是什么是世间最幸福的事情？”

听了成吉思汗的问题，四子思考了很久，你看看我，我看看你，不知道该怎么回答。

成吉思汗看着四个儿子说：“这只是咱们父子之间聊家常，你们把真实的想法说出来就行。”

托雷首先开口：“我想，过去的我已经过去，崭新的自己也将到来，如果能与自己心仪的女子成婚，生儿育女，长命百岁，幸福享乐，就是最幸福的事情。”

察合台见托雷说出了自己的真实想法，也没有隐瞒，就回答说：“战胜敌人，将其首领千刀万剐，枭首示众，让他人永远不敢与我蒙古大军为敌，我觉得这是最幸福的事情。”

术赤见两位弟弟都说出了自己的真实想法，抛掉了顾虑，说：“逐水草安营，天南海北牧马放羊，白天赛马取乐，晚上饮酒烤肉，这就是最幸福的事情。”

窝阔台思虑良久，说：“健全父汗庞大汗国的秩序，使得国泰民安，帮助老人安享晚年，激励年轻人奋发图强，让黎民百姓安居乐业，我觉得这是最幸福的事情。”

成吉思汗听完四子的话，说：“术赤和托雷所说乃平庸之见。察合台从小与我征战南北，才有此见解。不要轻视他国，不要轻蔑他人，大意轻敌引来生命之危的又有多少？窝阔台之见深得我心，能臣良将是国家的宝，贤妻良母是家族的宝。再简单的事情，不去做也不会成；人生得再好，不去教诲也不会成才。被鄙视和被尊重都取决于自己。一国之君能够英明神武，主持法纪朝纲，兄友弟恭、父慈子孝、君贤臣能，外有力克外敌之兵，内有保全父母妻儿安康之力，才是最大的幸福之事。”

成吉思汗再就察合台之前的问话，回答道：“察合台，你刚才的问题，现在已有答案，以后你们兄弟四人，在军政大事上都要以窝阔台为主。等我追随列祖列宗以后，由窝阔台继承大统，坐大蒙古国大汗宝座。我在此立下遗嘱，作为圣旨。”

察合台首先表态：“谨遵父汗圣旨！”

察合台

攻打讹答剌

讹答剌城是花剌子模与其他国家进行贸易的重要城池，也是军事调动和防御作战的前沿阵地。

窝阔台率领的蒙古大军包围了讹答剌城的西门和北门，察合台的大军则包围了东门和南门。

开战的第一天，杀害大蒙古国派往花剌子模四百五十人商队的罪魁祸首亦纳勒出黑，打开了讹答剌城的东门，率领五千精兵出城迎战，要求与蒙古大军的统帅讲话。

蒙古大军方阵从中间排开，察合台身穿金盔金甲，佩带宝剑，手持长矛，骑马冲出方阵，左手拉住缰绳停住。

他中等身材，古铜色皮肤，眼睛炯炯有神，粗眉毛高鼻梁，厚嘴唇上留着修整的细胡子。右手边是身穿银盔银甲、手持宝剑的阿鲁哈将军，左手边是身穿银盔银甲、手持长矛的苏和将军，随后是千户铁木尔布赫和军中萨满欧恒其列。

亦纳勒出黑身穿花剌子模盔甲，骑着一匹高大的纯黑色的阿拉伯战马，他手持一把长矛问道："我是花剌子模亦纳勒出黑海儿汗，蒙古来将所来何事？"

察合台大声说道："我是大蒙古国大汗成吉思汗的次子察合台，你残忍杀害了我大蒙古国的商队几百人，犯下了滔天大罪。我前来取尔性命，灭尔国家。你如果还算是个勇士，就上前来，我必定一矛取尔性命。"

听到这儿，亦纳勒出黑大怒，手挥长矛策马而来。

武艺精湛的察合台策马上前，迎战亦纳勒出黑。双方经过六个回合，察合台一矛刺穿亦纳勒出黑的左肩，对方拨马便逃。

察合台刚要追时，阿鲁哈、苏和催马而来，拦住察合台，返回了方阵。

恼羞成怒的亦纳勒出黑放出连环马方阵，向蒙古大军冲来。

察合台命令军中萨满欧恒其列发出信号弹，指挥蒙古军中有炸球的小分队上前迎战。

蒙古大军把石子和火药一同包起来，包得比足球小一点儿，点着芯子，用弹射器射出。

炸球落地的爆炸声音惊天动地，用铁链连接起来的连环马方阵顿时大乱，自相践踏死伤无数。

军中萨满欧恒其列看见炸球的威力这么大，高兴得蹦了起来。

受惊的战马互相牵扯，乱成一团。花剌子模士兵纷纷从马背上摔下来，被马蹄踏死踏伤或被炸球炸死炸伤者无数，幸存的士兵跳下马，掉头往自己的城门跑。

潮水般的蒙古骑兵乘机冲了过来，歼灭了狼狈逃窜的两千多花剌子模士兵。剩下不多的几个残兵败将，逃进了城里，关上了城门。

亦纳勒出黑见识了蒙古骑兵的厉害，再也不敢出城迎战了。

他以为关着城门不出去，日子久了，蒙古大军粮草供给不足，自然就撤退了。

但是他没想到这是他噩梦的开始。

逃回城中的亦纳勒出黑命令于守门的将领："一定要严守城门。"

他回到自己的寝殿，叫军医给自己包扎伤口。这时，外面传来轰炸城墙的声音。

传令兵跑过来禀报："蒙古大军用炸球不断轰炸城墙。"

亦纳勒出黑忍住伤痛，上城门观察战况。炸球已经把城墙炸得有了倒塌迹象。

蒙古大军轰炸了一个多时辰，又撤了回去。到了半夜，察合台给阿鲁哈、苏和二位将军下令，改变战术，开始第二轮进攻，把包了布、沾上油的箭射进城里，顷刻间，讹答剌城成为一片火海。

蒙古大军不断改变进攻方式，不断地攻城。

亦纳勒出黑吓得心都到了嗓子眼，胆子都快吓破了。

经过近一个月的围攻，察合台和窝阔台料定，花剌子模的官兵已全无斗志。

蒙古大军集中火力，炸开了城门。察合台带领大军冲进城内，几乎没有遇到任何抵抗，就直接攻入了亦纳勒出黑的宫殿。

伤势严重的亦纳勒出黑躺在床上一动不动。

察合台下令，用枷锁和铁链拷住亦纳勒出黑，发往在撒麻耳干城附近安营扎寨的成吉思汗金顶大帐，等候发落。

这个利欲熏心、杀害了蒙古商队几百人的亦纳勒出黑，跪在成吉思汗面前求饶。

吉鲁根巴特尔按照成吉思汗的命令，集结大军，在千军万马前，处决亦纳勒出黑。行刑的士兵们把亦纳勒出黑跪绑在柱子上，用熔炉化开白银，灌进他的眼睛和耳朵里，结束了他的性命。然后，用他的人头，祭奠了蒙古商队几百人的灵魂，血洗了前耻。

偷取满月

自从李德王汗娶了三位妖精为妃，就与这三位妃子夜夜笙歌，饮酒作乐。她们三个本来就非常妖艳美丽，在妓院里又学会了很多取悦男人的花招，把李德王汗迷惑得神魂颠倒。李德王汗尽其所能宠爱着她们，她们也深深爱上了这位给她们无上荣耀和尊贵身份的国王。

可是她们发现，不再修炼的她们，脸上悄悄有了浅浅的皱纹，法术也在一天一天退化。是继续留在大王身边，享受凡人的幸福，最终承受世间生死轮回的痛苦，还是早点返回深山，继续修炼，有朝一日得道成仙，脱离苦海，成为她们眼下的烦恼。

大姐古尔布丽金高娃听说蒙古草原上有一位大汗，富甲天下，搜罗了全世界的奇珍异宝，尤其是哈喇和林金顶大帐的天窗上镶嵌着鹅蛋大的珍珠——满月。满月到了晚上，会发出十五的月亮一样的明媚月光。

如果能得到这个宝贝，每天晚上睡在满月的月光下，就算不在深山里修炼，就算吃喝玩乐，也同样会起到修炼的效果，也会让国王跟着她们一起延年益寿。

这个消息着实让大姐古尔布丽金高娃喜出望外，她决定只身前往哈喇和林盗取满月。她让两位妹妹缠住国王，自己称病休息了几天。

古尔布丽金高娃本以为去了就能把满月偷回来，没想到被守护满月的萨满用法器打得口吐鲜血，现出原形，狼狈而逃，悄悄回到了西夏王国。

李德王汗已经好多天没有见到大王妃，想去看她。二位妹妹实在拖不住了，就跟随国王到了大王妃的寝宫。

国王闯门而入，看见自己的妃子面容憔悴，甚是着急，赶紧请来了太医诊治，还张榜请来各地名医来医治，但效果都不是很好。

黑蛇精知道自己受了内伤，慢慢调理就行了，可她还是不死心，想得到满月，就对国王说："大王，在蒙古草原上，成吉思汗哈喇和林的金顶大帐的天窗上，镶嵌着一颗叫满月的珍珠，每天晚上都散发着月光。我的病，只有睡在那个月光下才能好。没有满月，大王就不要给我医治了。"说完流着眼泪，把头扭了过去。

李德王汗非常惧怕成吉思汗，正犹豫出不出兵的时候，他的谋臣阿夏杭布献计："成吉思汗早晚会来攻打我西夏，咱们还不如趁他现在在外打仗的时候，先下手为强，拿下哈喇和林，与他分庭抗礼，才会不被他吞并。"

李德王汗觉得阿夏杭布说得有道理，再加上大王妃的病情，思虑良久以后，决定出兵攻打蒙古。

这一时的糊涂，给他招来了国破家亡的杀身之祸。

吉鲁根巴特尔

上善若水

蒙古大军攻入花剌子模，占领了布华尔城，成吉思汗亲自驾临布华尔城，指挥着全局战事。

一个阳光和暖的初夏，成吉思汗与吉鲁根巴特尔二人来到城中王宫主殿，商议作战事宜。

吉鲁根巴特尔是蒙古大军西征的首要大臣之一，也是成吉思汗的爱将。他身穿银盔银甲，身材瘦高，四肢很长，一条缝的眼睛放着寒光，鹰钩鼻子下面是上下连起来的花白山羊胡子。

阿拉伯风格的高大的墙壁上，闪着点点金光，前面是由二十根大理石柱子支撑的宽敞大厅。大厅前有一个大水池子，柱子倒映在水中，地上铺着由阿拉伯文字和几何图案拼合的紫红色波斯地毯，古朴雅致。大殿正中是一套做工讲究、风格大气的檀香木桌椅，桌椅上镶嵌着彩色玻璃。成吉思汗穿戴金盔金甲，坐在檀香木椅子上。

桌子上铺开了一张加工过的牛皮，吉鲁根巴特尔凑过来，用笔在牛皮上一一画出花剌子模和俄罗斯各大城市，以及城镇、高山大川、河流、道路、桥梁、山野的地名和方位。

这时候，外面院子里传来一阵喧闹的声音，士兵们欢呼着，一匹战马奔腾而来，直到大殿门前停下。

一人翻身下马，大声地喊着："吉鲁根大人，吉鲁根大人，你快出来。"

来人是隋和图，成吉思汗西征的先锋官之一，也是察合台的好朋友。他穿戴银盔银甲，佩带宝剑，黄脸黄胡子，中等身材，高颧骨，小眼睛，有敏锐的洞察能力，是一位作战勇猛的将军。

成吉思汗和吉鲁根巴特尔走出大殿，一见隋和图的样子，不由得放声大笑。他脖子上挂着五颗人头，牵着战马站在主殿门外。

吉鲁根巴特尔笑着问道："你出去三天三夜，有什么好消息告知我们吗？"

隋和图："我探到敌人兵分五路，要来偷袭布华尔城，便提前给他们来了一个措手不及，三天之内斩下了五颗敌将首级，剩下的敌军都吓跑了。”

隋和图就是这么一个大大咧咧、性情耿直的人，成吉思汗对他也是恩宠有加。

他曾干过好多令人捧腹的事。

有一次，攻破了一座城池，蒙古将军和士兵们都在乐悠悠地整理战利品，把金银财宝装进皮口袋，驮在自己多余的骑乘马上。

人群当中，有一位二十岁出头、身材魁梧的小伙子，被好多人围在中间，他正在显摆一把阿拉伯战刀。他名叫铁木尔布赫，是军中有名的大力士。他四方脸，晒得和煤炭一样黑，浓眉毛，三角眼，高颧骨，厚嘴唇，憨憨笑的时候，露出洁白的牙齿。

他手中的战刀差不多四尺长，稍微有点儿弯曲。刀柄是象牙的，刀柄上把手以外的地方，都镶满了蓝宝石，在太阳光下闪闪发光十分夺目。宝刀出鞘的时候，刀刃上会伴随一束蓝光。劈东西的时候，就算刀够不着，刀刃上的气流也会伴随着一股微弱的蓝光，把东西砍出一道口子。

眼前的一幕，把隋和图的馋虫勾了起来。他满脸堆笑，走了过去：“嗨，铁木尔布赫，你的这把刀也太玄乎了吧！”

铁木尔布赫恭敬地行了个礼:“那是啊,先锋官大人,我好不容易和千户打赌赢了,又给了一个银马鞍子才得到的。”

隋和图说:“我也好喜欢这把刀,咱俩也打赌呗,我赢了给你一个金马鞍子,输了也给你一个金马鞍子,怎么样?”

铁木尔布赫恭敬地回答:“先锋官大人喜欢,拿去就是了,何必与小将如此客气?”

隋和图显得有点儿不好意思:“怎能强取他人心爱之物呢?打赌就不一样了,打赌是一件很公平的事情,咱俩打赌,我赢了宝刀我拿走,给你一个金马鞍子;输了我也心服口服,不白和你打赌,也给你一个金马鞍子,怎么样?”

铁木尔布赫只好答应:“那您可不要和我比力气比摔跤啊!”

隋和图知道铁木尔布赫这句话很中肯,绝非在藐视他,可这句话还是把他给噎住了,一时半会儿真找不到可以和他打赌的东西了。

二人去演练场,看见阿鲁哈和苏和二位将军在众人面前展示马上绝技,虽然隋和图和铁木尔布赫都是马背上的好汉,但是和阿鲁哈和苏和相比,也只能是自叹不如。一旁的两个士兵其隆巴图和巴图胡雅嘎在表演套绳绝技，他们的套绳不仅可以套住奔跑中战马的任意一个蹄子，还能轻松套住射过来的箭。

他俩觉得不好意思赌这些，也真的没什么东西可以打赌了，急得隋和图一个劲地挠着头，左右踱步。正在他左右为难的时候，一抬头，看见附近马棚里的一匹阿拉伯母马，眼睛放了光："铁木尔布赫，你看见那匹母马了吗？那匹母马快要下驹子了，咱俩赌马驹的公母怎么样？我选公的，你选母的。"

铁木尔布赫回答："好的，那就派专人守着，等下驹子的时候，咱俩到现场揭开谜底。"

隋和图满口答应："那就一言为定。"说完高兴地回了兵营。

第三天，有人给隋和图和铁木尔布赫报信，说那匹阿拉伯母马马上要生了。二人赶紧跑了过去，有好多凑热闹的人也围了过来。

母马在马圈里来回走动，在地上滚了一圈，又站了起来，流出了一些羊水和胎血，然后小东西的头先出来了。没过多久，母马把小东西完全产下来之后，好奇心极强的人们一窝蜂地围了上去，吓得母马躲到一边。

人群突然鸦雀无声，隋和图愣住了，铁木尔布赫也愣住了，有人先缓过神来，嘴里笑着高喊："是骡子！骡子！"人们哄堂大笑。

听到这儿，成吉思汗也乐得哈哈大笑："哈哈哈，那最后他俩到底谁赢了？"

吉鲁根巴特尔说："谁也没赢，隋和图提议二人结拜为安达，互换礼物，铁木尔布赫把阿拉伯战刀送给了隋和图，隋和图把金马鞍送给了铁木尔布赫。"

成吉思汗笑着又问："你上次说过，有个将军和人打赌，赌鸡下蛋的时候，鸡蛋的大头先出来还是小头先出来，生生盯着母鸡屁股看了一整天。这人是不是也是他？"

吉鲁根巴特尔说："哈哈，除了他，还有谁？"二人笑得前仰后合。

吉鲁根巴特尔开玩笑地对隋和图说："那你需要什么嘉奖？五颗人头换五位阿拉伯美女怎么样？"

隋和图笑着说："还是先把肚子喂饱了，然后再说阿拉伯美女的事吧。"

吉鲁根巴特尔对门口的将领吩咐道："赶紧带隋和图先锋官去休息，一定要好好款待。阿鲁哈、苏和二位将军，在隋和图先锋官休息期间，顶替他的职务，做好侦查工作。"

阿鲁哈苏和二位将军回答："领命。"

此时有人前来禀报："禀报大汗，长春真人丘处机已到，在王宫外求见。"

成吉思汗高兴地："请入殿中。"

送走了隋和图，二人走向大殿。

吉鲁根巴特尔边走边用商议的口吻说："大汗，我们西征大军取得了全面的胜利，在您的福泽庇佑和英明领导下，统领了整个花剌子模。但是士兵们水土不服的现象也日益严重，是不是应该趁着夏天的好光景，回到蒙古草原修养整顿呢？"

成吉思汗停住了脚步，面朝北方思索一会后说："别说士兵了，连我都很思念北方草原啊！"

之前禀报的士兵又过来，跪下对成吉思汗说："长春真人丘处机已到殿外。"

成吉思汗说："请！"

丘处机七十多岁的样子，中等身材，很清瘦，五绺银白长髯，仙风道骨，身穿青布道袍，手持浮尘，慢慢走到宫殿中央，面对成吉思汗行道士礼，用不是很标准的蒙古语说："给大汗请安！"

成吉思汗和蔼地讲："给长春真人赐坐。"又面向吉鲁根巴特尔说，"吉鲁根大人，你从现在就开始筹划回归事宜，加紧办理！”说完抬手示意，吉鲁根巴特尔跪拜行礼后退出大殿。

成吉思汗与长春真人丘处机热烈攀谈起来。

吉鲁根巴特尔离开大殿后，宣读圣旨，将臣服蒙古的中亚诸国国王一一册封，派遣了监国使臣掌管朝务，最后宣读了回归蒙古草原休养整顿的大汗圣旨。

次日清晨，丘处机来到金顶大帐，向成吉思汗拜别，成吉思汗亲自走出大帐送别。

成吉思汗面对丘处机讲：“非常感谢道长，能够跋涉几千里前来相见！与道长攀谈数日，真是受益匪浅！”

丘处机说：“大汗过奖了。道法自然，贫道的福泽远不及大汗，只因天机不可泄露，贫道也不可多言。大汗最在意的长生不老的法术，贫道只能送大汗四个字，那就是‘上善若水’，大汗到时候自然会领会其中的玄机。贫道告辞！”说毕，丘处机走下台阶。随从牵来了丘处机的坐骑，成吉思汗目送丘处机骑驴远去。

清澈的额尔齐斯河河水缓慢流淌，两岸茂密的树林中有一片一片开阔的草地，草地上各色的鲜花烂漫盛开。江水在太阳光下闪着波光，水鸟在水中嬉戏，微风吹来清晰潮湿的空气。

看到眼前令人身心舒畅的美景，成吉思汗下令，在美丽的额尔齐斯河岸边安营扎寨，享受这夏季惬意的时光，并决定在这里大摆战胜花剌子模、复仇成功的庆功宴。

成吉思汗命令发布完毕，手下人马上张罗好一顿丰盛的庆功宴。成吉思汗和王公贵胄们吃着花剌子模贵族们送过来的牛羊肉，喝着葡萄酒，祭奠了被亦纳勒出黑杀害的大蒙古国商队使团的亡灵，举杯庆贺复仇成功。

庆功宴结束的第二天，蒙古大军开始了回归草原的行程。这个时候，传来了西夏国王亲自带兵，从额济纳河边侵犯蒙古草原的消息。

当时中原国王木华黎刚刚逝世，成吉思汗下达命令，命正在随军西征的木华黎之子宝日，统领足够的军队回归中原，继承王位，同时路过西夏王国时，将其歼灭。

宝日所率领的军队一路披荆斩棘，攻入了西夏国境内，与西夏国谋臣阿夏杭布率领的西夏大军进行了决战，并大获全胜。

西夏战败后，李德王汗派遣使臣向成吉思汗求和。成吉思汗看到西夏李德王汗的求和书写得声泪俱下，可怜至极，再加上自己也忙于其他事物，无暇搭理他，才勉强答应了李德王汗的求和。

西夏李德王汗因此暂时逃过一劫。

西夏之战

进军西夏

征讨花剌子模一年以后，经历多年征战的军队和战马，在这一年的时间里休养生息，完全恢复了元气。

这时，成吉思汗想起西夏李德王汗犯境之事，心里盘算着攻打西夏的计划，也好让大军舒展一下筋骨。他派人招来了心腹大臣吉鲁根巴特尔。

吉鲁根巴特尔进门行礼跪拜。

成吉思汗讲：“爱卿免礼。你组织各路人马，召集统军将领和智囊团成员，一起商议攻打西夏国的事宜。”

吉鲁根巴特尔高兴地回话：“将士们等您这一道旨意已经很久了，微臣立马就去。”说完退出了大帐。

哈喇和林城外开阔的草原上，骑兵方阵按照战马的颜色整齐排列，长矛在太阳底下闪闪发亮，战队一字排开，看不见尽头。

骑兵方阵后面，各色绸缎彩旗迎风飘扬。

成吉思汗坐在金顶大帐正中央的宝座上，文武群臣按顺序排列两旁。

文武群臣当中，“四骏”里有博尔术、赤老温，四弟里有哈萨尔、别勒古台，大将里有速不台巴特尔、哲别、隋和图、阿鲁哈、苏和、托轮查尔必等，大伙就像众星捧月一样，围坐在成吉思汗两旁。

成吉思汗的战旗黑苏力定威严地耸立在正中。它是一杆巨大的三叉戟，下面飘着黑牦牛尾的穗子，尖头朝上，底部把手固定在一个木桩上。三个尖头映射着太阳光，有一股冰冷的寒意。黑牦牛尾的穗子周围，都是黑气，散发着一股杀气。

成吉思汗列出了西夏李德王汗和其奸臣阿夏杭布趁蒙古大军西征之际，侵犯蒙古边境的罪行，下旨命令众将领，必须在最短的时间内将其歼灭。

众臣将们群情激奋，都向成吉思汗大喊口号：“势必将西夏王国夷为平地！”

成吉思汗一声令下，蒙古大军就像潮水一样，向西夏王国出发。

蒙古大罕经历了长途跋涉，跨过额济纳河，进入西夏境内，开始了征服之战。

蒙古大军士气昂扬，一路攻城破池，几乎没遇到一次像样的抵抗，就攻入了西夏王国的首都兴庆府。

开战之前，吉鲁根巴特尔召集众人说：“西夏和我蒙古不同，此地是神佛经过、妖魔横行、鬼怪出没的是非之地。攻打西夏之时，要确保成吉思汗的人身安全，安排速不台、哲别、阿鲁哈、苏和等四将贴身保护，到了夜晚，两个两个替换着守护，直至天亮。派出护卫军守护金顶大帐，萨满们要在大帐周围点起篝火作法，随时待命。我自己会在大帐门口放把椅子坐着，彻夜守护。”

蒙古大军攻入西夏国首都兴庆府之后，处决了无端侵犯蒙古的西夏李德王汗和其谋臣阿夏杭布，灭亡了历时两百年的西夏王国。

蒙古大军取得了攻打西夏的全面胜利之后，成吉思汗留下了掌管西夏的官吏，率领着大军踏上了回归蒙古草原的行程。

走了一整天，天也快黑了，大军在离黄河不远的地方安营扎寨。虽然已经出了西夏边境，吉鲁根巴特尔还是按照原先的部署，周密保护着大汗的安全。大将隋和图在金顶大帐的门口执勤，速不台持刀守护在大汗的床榻前，后面是哲别拿长枪站立，吉鲁根巴特尔自己坐在大帐的门口指挥。

大帐周围，萨满们点起篝火，做着法事，随时防范着妖魔鬼怪的侵入。大帐外围都是护卫兵的营帐，将金顶大帐围得严严实实。

虽然进行了铁桶般的严密防备，吉鲁根巴特尔心里还是惴惴不安。

三妖精复仇

在蒙古大军攻入西夏之时，畏惧萨满法力的西夏王妃古尔布丽金高娃三姐妹，逃到了原来修炼的深山里。后来得知西夏李德王汗已被成吉思汗处决，三位妖精听到此噩耗悲痛欲绝，谋划了行刺成吉思汗，为李德王汗报仇的计划。

古尔布丽金高娃对两个妹妹说："我们三个是西夏王国李德王汗的妃子，成吉思汗灭掉了我们的西夏王国，处决了我们的国王。因为我知道萨满法力有多厉害，所以带你们两个逃了出来。现在我告诉你们，我们逃出来，不是为了苟且偷生。大王是因为我，才招来了灭顶之灾。事已至此，唯一能慰藉大王的事情，就是给大王报仇。我一定会去给大王报仇，你们呢？"另外两位也义愤填膺地表示，一定要给大王报仇。没有西夏国王，她们就不会从最低贱的妓女成为高贵的王妃，拥有至高无上的荣誉和地位，如今一落千丈，三个小妖精对成吉思汗简直是恨之入骨。

半夜三更，三个妖精骑着仙鹤，飞往蒙古大营。飞到金顶大帐上空的时候，三个妖精手持兵器，从天而降，一路拼杀。阿鲁哈、苏和二位将军速来迎战。

妖精用法力打退了二位将军和护卫军，正要闯入大帐时，萨满们围过来，布下萨满阵，破解了妖精的法力。阿鲁哈、苏和二位将军趁机砍死了两个小妖精，砍伤了古尔布丽金高娃。

古尔布丽金高娃手里的兵器被打掉在地，现出了原形。人们这才发现，刺者原来是一条巨大的黑蛇。当众人都在发愣的时候，黑蛇精乘机钻进了金顶大帐。

在门口看护的隋和图将军没能挡住黑蛇精，一时情急，拽住了黑蛇的尾巴，被黑蛇拖进了大帐。形势万分危急，吉鲁根巴特尔掏出腰刀，插入黑蛇的腹中，划了一条大口子。黑蛇的内脏流了出来，但依然拼命向前冲，速度快得惊人，一直冲向成吉思汗的床榻。

在榻前守护的速不台反应神速，抽出弯刀，砍下了黑蛇的半个脑袋；在要榻尾守护的哲别举起长枪，刺穿了黑蛇的脖子，向上挑了起来。

这时谁都没发现，一股淡淡的黑烟从黑蛇精的半个脑袋里飘了出来，弥漫在整个金顶大帐中。

吉鲁根巴特尔命令清理大帐，十几个士兵跑进来，把大黑蛇的尸体抬了出去，扔进不远处的黄河里。因为黄河是埋葬西夏王妃的河，从此以后蒙古语里管黄河叫作“哈屯河”，“哈屯”在蒙古语里就是“王妃”的意思。

拖走黑蛇后，吉鲁根巴特尔、速不台、哲别、隋和图等人都跪在大汗的睡榻前，急着问询大汗的安危。

大汗从睡榻上坐了起来，对大伙说：“没事，我很好。我都没睁眼，你们就把它解决了。”

然而，事情并没有那么简单。

阿尔巴特

筛选阿尔巴特

自打黑蛇精进入金顶大帐以后，成吉思汗的身体每况愈下。大军无法前进，只能等待大汗的身体状况好转后再开拨。

吉鲁根巴特尔带着耶律楚材、孛斡尔出、窝阔台等，察看了周围的地势山川。在山脚下，他指着前面的五座山峰说：“在这五座山峰上，分别垒起敖包，派去萨满，按照我们蒙古的传统方法，向‘长生天’请教成吉思汗的病因和解决之道。诸位看如何？”众人都表示同意。

遵循吉鲁根巴特尔的部署，士兵和萨满们在一天之内，就在五座山峰上垒起了敖包。

举行法事当天，大军重重包围了五座山。

众臣将在主峰下的平地上落座，吉鲁根巴特尔从众人中选出了聆听“长生天”旨意和萨满法事的见证人。

他们是“四骏”中的孛斡尔出、者勒蔑，四弟中的哈萨尔、别勒古台，四子中的察合台、窝阔台、托雷。

他们各自守候在五座山峰脚下的营帐里，等候传递过来的消息，之后分别送到在主帐里等候的吉鲁根巴特尔手里。

这天晚上，晴空万里，满天星斗。

五座山峰上分别点起了篝火，篝火之间的距离约两千步。

每一堆篝火都有一名萨满和笔帖，萨满作法，询问“长生天”旨意，笔帖在旁记录。

五个萨满和笔帖无法互相传话和交流，如果他们记录的答案相同，那肯定就是“长生天”的旨意了。

五座敖包的法事完毕，记录册也由笔帖送到五座山脚下各自的营帐里，再交由负责人送到主帐。

人们都在主帐外等候。

吉鲁根巴特尔拿着五本记录册，走出主帐，放在门口的台子上，各自展开，让之前选出的聆听旨意的证人宣读。

五人同时宣读，五本记录册上都写着：“成吉思汗不死，须喝圣水获永生。”

听到这里，人们都高兴地欢呼了起来：“呼瑞，呼瑞。”

没过多久，又静了下来。

众人焦急地询问吉鲁根巴特尔：“‘长生天’旨意里的圣水在什么地方？”

其实，吉鲁根巴特尔也不知道圣水在何处，只好就此事再次进入主帐，商谈解决的方案。

商谈的结果出来，吉鲁根巴特尔拿着五本记录册走出主帐，向众人说道：“既然‘长生天’说，成吉思汗须喝圣水获永生，那就一定会告诉我们圣水的所在和取圣水的法门。烦请五位再上山顶，施法获取。”

萨满们再次作法，获取了长生天的旨意，依照之前的流程，送到了主帐。

上面写着：“圣水在此地往西一千里远的大乾达摩尼山的大乾达摩尼山洞里。”

吉鲁根巴特尔不仅是一个通天萨满，还是一名了不起的占卜师。他占卜的卦象有上知九十九年、下知九十九年的神奇法力。可吉鲁根巴特尔觉得还不是很清楚，就决定第二天早晨，自己占卜，搞清来龙去脉。

一大早，成吉思汗的妃子、儿子、众臣将们在门外等候占卜的结果。

吉鲁根巴特尔用九个铜钱占卜了一上午，占卜出取圣水行动的全部环节。

他召集了孛斡尔出等众大将："也遂夫人、四位皇子、众位将军大人们，咱们的成吉思汗必须要喝圣水获永生。圣水在此地往西一千里远的大乾达摩尼山的大乾达摩尼洞里。这个大乾达摩尼山有一千个山洞，每个山洞都有众多宝贝，每一件宝贝都会在'长生天'允许的时间里，让命数和福气都符合'长生天'条件的人来取。既然'长生天'允许咱们的成吉思汗喝圣水，咱们就一定能取回圣水。"

众人都说："那还不简单，咱们现在就出兵，把这座山围起来，把圣水和另外几千件宝贝都拿过来不就得了。"

吉鲁根巴特尔："没那么简单。卦象里说，取圣水的人，必须从大乾达摩尼山的东边峡谷进入，顺时针走到西边，从圣山的西口出来。谁要是进去胡乱走的话，这辈子都别想再出来。因为按照顺时针的方向走，会在第十三天走出大山，所以要选出命数和福气都符合'长生天'条件的人，来完成这项任务。"

听到这里，四位皇子、孛斡尔出、哲别等文臣武将都说："我去，我去。"大家乱哄哄嚷着："比武艺，比骑射，比摔跤。"

吉鲁根巴特尔说："大家静一静，'长生天'已经告诉我们，如何甄选完成任务的人选。谁能做到，谁就是天命所归、符合条件的人。方法非常简单，在山北面小河边，有两个绵羊大的鹅卵石。谁能从一个鹅卵石上，往前走一步，空踩一下，到达另一个鹅卵石上，谁就是命数和福气都符合长生天条件的人。”大伙听罢，蜂拥而起，走向山后。

大家来到刚才所说的鹅卵石边。这块石头也没什么奇特之处，上面是圆的，下面的底座嵌在沙地里，露出的部分有绵羊一样大。

吉鲁根巴特尔说：“我先来试一试。”踩到第一个大石头上，向前走了一步，一脚踩空，摔了下来。

之后孛斡尔出、者勒蔑、赤老温都上去了，都没能踩住，掉了下来。

接下来是哈萨尔、别勒古台、托雷都没能成功。

这时人们纷纷议论：“到底行不行，这么半天了，没有一个人能站上去，会不会是别的地方……”

窝阔台和察合台走了上去。窝阔台摔了下来。察合台在空中踩了一脚，走到了另一块石头上，高兴地举起了手中的弯刀。

大军山呼海啸般喊着：“呜——嗨——”

接下来走过去的有哲别、速不台、隋和图、阿鲁哈、苏和和铁木耳布赫。阿鲁哈和苏和是兄弟俩，二人都是成吉思汗的爱将，善于骑射。然后是擅长套绳的其隆巴图和巴图胡雅嘎，两人是普通士兵，善于套绳驯马。最后是军中萨满欧恒其列，人群中岁数最小的胖小伙，虽然身材胖胖的，但是动作敏捷、孔武有力，萨满服外套着铜盔甲，斜跨宝剑，萨满鼓和鼓槌都别在腰带上。

这十个人正好组成了一个阿尔巴特。

孛斡尔出、赤老温等看到这般神奇的现象，询问里面的奥秘时，吉鲁根巴特尔说："天机不可泄露，莫要多问。"

大伙深知，取圣水的一切行动，都要在成吉思汗的福泽庇佑和吉鲁根巴特尔的指挥下进行，所以谁也没有继续缠问。

吉鲁根巴特尔对刚刚组建的阿尔巴特们说："你们都是'长生天'选出来的天命所归的人，你们会到达一个神奇的纪元，会遭遇神、佛、妖、魔、鬼、怪，你们要在不伤害其性命的前提下，用智慧的头脑和过人的勇气，闯过重重险关。因为他们都是另一个纪元的守护神，所以伤及他们的性命，你们就会永远走不出大山。你们接下来一定要记住我所说的话。

世界刚开始形成的时候，黄光诞生成了佛，白光诞生成了神和仙，蓝光诞生成了萨满，萨满创造了人。黑气诞生成了鬼怪，黑雾诞生成了妖魔。所以遇到散发黄光的人或动物，一定要跪拜行礼寻求帮助，遇到白光也一样跪拜行礼。遇到蓝色的岩石或腰系蓝色腰带的人，欧恒其列要敲起萨满鼓，全体人员要跪拜行礼。如果遇到黑色的任何物体或人，那一定是有妖魔，一定要按照我交代你们的方法去做。”

察合台、速不台、哲别等十人齐声回答：“遵命！”

吉鲁根巴特尔又说：“你们行进的时候，察合台一定要走在队伍的最前面，随后是速不台、哲别、阿鲁哈、苏和、隋和图、铁木耳布赫、其隆巴图、巴图胡雅嘎，最后是欧恒其列，一定要按照这个顺序走。一会儿给你们每一个人一条察勒玛金绳和察勒玛银绳，要拿好揣进怀里。每人前后都要佩戴萨满宝镜，这个宝镜会助你们脱离危险。有一件事情你们必须牢记，一个人都不许走丢，互相不能走散。如果要进入山洞，要提前扎好察勒玛金绳。如果你们当中有一个人死去或者失踪，你们将永远回不来。不管什么情况下，你们都要互救。从大乾达摩尼山的东口进去开始算起，第十三天从西口出来。不管遇到什么事情，察合台都要与哲别和速不台商量后再做决断。还有，欧恒其列拿好萨满鼓和鼓槌，危急关头，欧恒其列要敲起萨满鼓，你们就会充满神奇的力量。把自己的干粮带好，皮囊里要装满马奶和酸奶，牛肉干要带足。到了那里，只能喝从白色岩石缝里流出来的山泉，不能随便吃喝任何东西。该嘱咐的都嘱咐了，该交代的也交代了，现在就看你们的勇气、智谋和造化了。”

吉鲁根巴特尔按照规矩，给取圣水的十位勇士顶盔冠甲，送上马背，目送远去。

就这样，阿尔巴特开始了取圣水的征程。

苏尼特全羊宴

吉鲁根巴特尔送走了取圣水的阿尔巴特后，心情放松了许多。

他邀请孛斡尔出，二人穿上盔甲，骑上相同颜色的棕色骏马，出了军营，直奔成吉思汗的金顶大帐。

二人到金顶大帐前飞身下马，快步走上台阶，一前一后进入大殿，给成吉思汗请安。成吉思汗被人搀扶着坐起，仰靠在床榻上。

吉鲁根巴特尔说：“英明的成吉思汗，我和功勋大将孛斡尔出，这两天派萨满祭敖包、做法事，求问‘长生天’旨意时，显现出‘成吉思汗有缘喝圣水获永生’的字样。我和孛斡尔出遵循长生天的旨意，用神奇的方法，选出了符合长生天旨意的取圣水的十位勇士，现在来见驾交旨，望我主给予批复。”

孛斡尔出上前一步，将如何向“长生天”求旨、如何选阿尔巴特的过程，两个大鹅卵石的奇妙之处，大乾达摩尼山的一千个山洞以及取圣水的艰辛，都说予成吉思汗听。

圣祖成吉思汗听完之后，眉头舒展，甚是欣慰，给吉鲁根巴特尔和孛斡尔出赐座。

成吉思汗说：“以你俩为首的我的功勋大将们，都是我大蒙古国的擎天白玉柱、架台紫金梁。有你们在，我的身体和我的大蒙古国会永远固若金汤，立足天地之间。我们蒙古人，动起来没有干不成的事业，走起来没有到不了的地方。我坚信阿尔巴特一定能取回圣水。”

吉鲁根巴特尔和孛斡尔出二人一同起身说：“有大汗的金口玉言，阿尔巴特一定能取回圣水。”说完跪地行礼。

吉鲁根巴特尔看出大汗的身体比之前有所好转，他疑惑地问也遂夫人：“大汗这两天用什么方法祛除蛇毒？”

也遂夫人的视线落到了哈萨尔身上。

哈萨尔说：“草原上一直用酸马奶和酸牛奶祛除蛇毒，我们给大汗喝了几天酸马奶，发现蛇毒有所祛除，大汗身体略有好转。”

这时，也遂夫人用银碗给吉鲁根巴特尔和孛斡尔出每人盛了一碗酸马奶。二人站起，弓身接过马奶，一饮而尽。

者勒蔑、别勒古台、窝阔台、托雷等前来请安。

大伙看到大汗的身体大有好转，都感到欣慰。

孛斡尔出说："今天是个好日子，我们英勇的阿尔巴特已经踏上了取圣水的征程，大汗的身体也是大有好转，显得壮实有力，这是大家的福气啊！既然今天大伙都在，咱们不如设宴庆贺如何？"大伙听了，都高兴地随声附和。

吉鲁根巴特尔高声道："今天，我给大汗和在座的各位，准备一道苏尼特全羊宴，希望大汗和各位愉快享用。"

在欢快的氛围中，大伙忙碌起来，到中午的时候，苏尼特全羊宴已准备就绪。

宴会在金顶大帐里举行，成吉思汗坐在大帐主位的牛皮靠背椅上，两旁是大汗的功勋大将和亲属们。

成吉思汗说："我的爱将吉鲁根巴特尔，宴会现在可以开席了。"

吉鲁根巴特尔点头示意道："趁着好事连连，今天又是吉祥安康的一天，给大汗、也遂夫人、众位功勋大将准备了一道苏尼特全羊宴。”他向大伙行了一个礼，然后接着说，“苏尼特羊是‘长生天’赐予蒙古人的口福，它浑身都是宝，头是太阳的形状，尾巴是月亮的形状，四肢代表四个季度，脖子脊柱的十二根骨头代表着十二个月。肉的味道更是鲜美无比，人吃了以后，强身健体，延年益寿。皮毛是牧民们日常生活不可缺少的必需品。就连羊粪蛋，也是给大地植物补充营养的上好肥料。”

吉鲁根巴特尔抬手示意，两个人把大木盘上已经加工好的全羊抬到成吉思汗面前。

成吉思汗面容和蔼，目光如炬，他今天穿着一件白色锦绸长袍，腰系金镶玉的腰带，脚下蹬着鹿皮长筒靴，坐在宝座上，微笑着看着全羊，左手拿起在额头上粘着四方黄油的羊头，用右手的食指蘸上黄油，向‘长生天’祈祷，嘴里默念着“长生天，大地母亲，列祖列宗”，弹了三下，再拿着蒙古刀，在羊头上划了一个“十”字，再从羊背上割下一块肉，放在盘子上，进献给‘长生天’。又从羊背的两边割下几块，自己先吃了一块，剩下的分给了周围的人。

全羊宴的开启仪式完毕，大伙美美地享用起鲜美的苏尼特羊肉。

吉鲁根巴特尔指挥下人，把另外的全羊抬进来，放在长辈们的桌前，长辈们也按照成吉思汗的步骤，做完仪式，把肉分给大家。

吉鲁根巴特尔在一个金盘子上放了羊的长四排骨和一个肩胛骨，也叫铲骨，端过来放在成吉思汗面前："请大汗享用长四排骨和肩胛骨。"

成吉思汗说："在我们蒙古民族的习俗里，肩胛骨是大家一同享用的食物，无论在什么情况下，任何一个蒙古人，都不可独自吃掉一个肩胛骨。"

大汗说完，用刀把肩胛骨上的肉分给了周围的人们，自己把骨头上剩下的肉削下来吃，最后把剃干净的骨头放回了盘子里。

远处的人也按照大汗的方法，共同分享着肩胛骨上的肉。

没有成吉思汗的准许，谁都没有饮酒。成吉思汗拿起一个银碗酒，对着大家说："我从来不主张咱们蒙古人喝酒，因为许多人不能驾驭酒这个东西。老人们从小就教育我们，到了四十岁以后才能品尝酒的味道，到了五十岁才能适当地喝一点，到了六十岁才能真正在享用。但是，无酒也不成席，希望大家自己把握。"他用无名指尖蘸上酒，敬天敬地敬祖先后，与大家共同饮下一碗。

宴会结束后，吉鲁根巴特尔指挥下人，把人们吃干净的肩胛骨都收起来，日后做肩胛骨占卜用。

苏尼特全羊宴之后，成吉思汗的身体和精神状态更显好转。大汗意气风发，健步走到大伙面前宣布：“明天出去狩猎。”说完把双手背在后面，笑呵呵地走出去了。

大伙看到大汗的身体恢复，可以出去狩猎了，都高兴地欢呼起来。

进入大乾达摩尼山

阿尔巴特日夜兼程，纵马狂奔，没几天，就到达了大乾达摩尼山的山脚下。

大山上绿树成荫，到处都是奇形怪状的岩石。立石如刀，卧石如虎，山峰高耸入云，半山腰以上的地方都被白雪覆盖，在太阳光下泛着白光。

山脉连绵不见尽头，在大山的东口处，有个树木茂密的峡谷，这就是进入大乾达摩尼山的入口。

谁都不知道接下来会发生什么事情。他们把马嚼子和缰绳取下，拴到马鞍上，有灵性的战马原地转了几圈，按原路跑了回去。然后阿尔巴特把从战马身上取下的干粮和皮囊挂在了自己身上，把武器装备都佩戴好，按照之前说好的顺序站好队。

察合台带头，向着成吉思汗的方向单膝点地，大伙一起高呼："圣主成吉思汗，保佑我们取回圣水！"祈祷完毕，连磕了九个头。

欧恒其列敲起萨满鼓，嘴里念叨着："通天的萨满、伟大的占卜师吉鲁根巴特尔，我们按您的卦象所指的方向，开始了取圣水的行动。吉鲁根巴特尔，一定要保佑我们！"说完敲了九下萨满鼓，磕了九个头。

阿尔巴特十个人走向了树林茂密的峡谷。

走进树林，路越走越窄，到了一个石洞门口，速不台说："应该就是从这里进去。"

哲别回应："那就进吧。"说完就向前迈进。

察合台一把拦住哲别，说："哲别将军，你不能走在前面，按照吉鲁根巴特尔的嘱咐，我应该走在前面。"

欧恒其列说："那我得跟在后面，也许进去以后，会有好吃的。"大伙听了以后笑了起来。

山洞非常宽大，还有亮光，没过多久，他们就走到了山洞的另一头，看见洞口两个巨大岩石中间，有一个朝西向下的非常陡峭的斜坡。察合台走到了斜坡边上，对大家说："这里和吉鲁根巴特尔描绘的一样，看来就得从这个斜坡滑下去了。行动正式开始了，大家把察勒玛金绳都连起来，抓紧，顺着斜坡滑下去，说什么也不能松手。欧恒其列，马上敲起萨满鼓。"

欧恒其列敲起了萨满鼓，随着鼓声，原本细小的绳子变得粗大起来，正好一把，非常顺手。

察合台第一个抓住金绳，说："下吧。"

大伙跟着察合台滑了下去。下滑的速度越来越快，就觉得耳边的风嗖嗖的，眼前一片黄光、一片白光、一片蓝光、一片漆黑地循环着，以至于后来眼睛都睁不开了。他们十个人就好像水珠一样，一瞬间被洒了出来，洒到一个茂密的大树林里。

十个人慢慢爬起来，发现每一个的手臂上都系着一个金黄色的绸带，转身看到了身后通天的黄光。

察合台举奋地说："这次入山洞，咱们是遇见神佛保佑了。"

察合台带领大伙，向黄光处拜了九拜后，黄光消失了，但是手臂上的金黄色的绸带依然还在。

速不台说："有圣主成吉思汗的福泽庇佑，在这陌生的地方，咱们得到了神佛相助。看这边的地形，东边的路被陡峭的岩壁卡住了，向东无路可走；西边有山有树林和草地，有的地方看起来还真有点儿像我们蒙古老家。既然黄光是从西边亮的，咱们朝西走应该是对的。"说完看着大家，征求大家的意见。

大伙都说："就按您的来！"

察合台观察了四周，说："咱们现在可到了另一个纪元了，时间日期都不一样了，怎么测量时间呀？"

大伙都你看看我，我看看你，都没话说。

这时，阿鲁哈向前一步说："我有一个法宝，吉鲁根大人说用这个测量时间。"

大伙都凑了过来。

这个东西，是两个尖头顶到一起的玻璃瓶子，两个瓶子都是鸡蛋大小，外面是用金骨做的固定瓶子的架子，一个瓶子里装满了沙子，一个瓶子是空的。

阿鲁哈说："这个东西叫沙漏。"

大伙看着这个沙漏，搞不清怎么用这个东西测量时间，向阿鲁哈询问："怎么用这个东西测量时间呀？"

阿鲁哈耐心地说："我告诉你们这个东西的奥妙吧。攻入花剌子模的时候，吉鲁根大人从花剌子模研究天文学的官员那里得到了这个东西。这两个玻璃瓶子的容量是一样的，中间相通，里面是沙子。上面瓶子里的沙子全部流入下面的瓶子里，就是一天，翻过来再全部流入下面的瓶子里，就是一夜，以此类推，翻转二十六次就是十三天，也就是咱们出去的日子。"

大伙听到这，心里都有底了。

察合台嘱咐："那你可要管好这个沙漏，最后一粒沙子倒入的时候，要及时翻转过来，一定要确保时间的精准。”

速不台说：“阿鲁哈是个细心的人，所以吉鲁根大人才会把这么细致的任务交给他。这一点，皇子大可放心！”

哲别也点点头说：“对呀，阿鲁哈、苏和兄弟俩做事认真是出了名的，大汗的战马都是他俩训出来的。”

想到事事都有吉鲁根巴特尔的预先部署，大伙很受鼓舞。

察合台振奋地说：“咱们开始吧！”

阿尔巴特走了好长的路，走到一个开满红色和黄色花朵的草原上，看见不远处有一座白色岩石的山，大伙心想，看来是要翻过那座山了。

苏和惊喜地说：“你们发现没有，前面有两只蓝色的仙鹤，就好像在给我们带路一样，一直在我们前方飞。”

大伙这才发现，有两只花冠长尾的蓝色仙鹤时而落下，时而飞起，一直在他们前方飞行。

速不台回应：“蓝色是萨满的颜色，所以这两只仙鹤一定是在给我们带路，咱们就一直跟着它们走吧。”

大伙跟着仙鹤继续前行。

走着走着，突然听到一阵哈哈的大笑声，紧接着刮起一阵狂风。狂风中有一只巨大的鸟，冲着阿尔巴特飞过来。大鸟用爪子撩起铁木尔布赫处的察勒玛金绳，把阿尔巴特十人向上拉了起来。

大伙的胳膊都被察勒玛金绳套着，全体串联在一起，最前面的察合台和最后面的欧恒其列的双脚也离开了地面。

铁木尔布赫想用双手的蛮力掰开大鸟的爪子，松开察勒玛金绳，无奈大鸟的力气太大了，于是抽出弯刀，向大鸟的爪子砍去。弯刀就好像砍在了铁棒上一样，一点儿用都没有。

速不台急忙喊道：“欧恒其列，赶紧敲打萨满鼓！”

欧恒其列这才从慌乱中反应过来，一只手抽出别在腰带上的萨满鼓，送到被拽住的手上，另一只手抽出鼓槌，猛烈地敲打。

察勒玛金绳开始变粗，萨满的力量涌入了每个人的身体里，大伙开始下沉，大鸟已经无法拉起他们了。

随着萨满鼓声，所有人都安全着了地。

大鸟发现无法拉着他们飞上天，就松开爪子飞走了。

这突如其来的遭遇，让每个人都心有余悸。铁木尔布赫惊奇地问：“这是什么鸟啊？鸟头，人身，有手有爪，还有一对巨大的翅膀。”

速不台回答：“这就是老人们常说的阿力马思。以前都是在故事里听说的，今天终于见到了。”

大伙赶紧凑过来，听速不台讲阿力马思的故事。

阿力马思

阿力马思

说起阿力马思的来历，可是很久以前的事了。

远古时期，在一片有山有水、风景如画的蒙古草原上，一个放牛的小伙子和一个放羊的小姑娘在甜蜜地相爱着。

小伙子名叫松布尔，小姑娘名叫琪琪格。松布尔这年十八岁，琪琪格十六岁，他们两个从小就生活在这个叫那日图艾拉的地方。

小伙子每天骑着自己的云青马放牛，小姑娘骑着自己的花斑马放羊，两个人一有机会就会到小树林里幽会。

琪琪格有一头乌黑的头发，麻花辫，白净的皮肤，水汪汪的大眼睛，樱桃嘴，窈窕的身材，穿着红色蒙古袍。松布尔看着她，心都要化了。

老实本分的松布尔身材高大，大眼睛，浓眉毛，古铜色的皮肤，穿着蓝色蒙古袍，只要骑上自己的云青马，便潇洒无比。

小伙子摘下一朵鲜艳的红花，戴在小姑娘的头上。小姑娘把自己省下来的奶酪，掏出来给小伙子吃。

二人拥抱着在草地上翻滚，小伙子鼓起勇气，亲了小姑娘一口，小姑娘害羞地坐到了一旁。

这片草原的守护神是一对公母阿力马思大鸟，看到这般恩爱的两个小青年，很是羡慕。

每当他们俩在一起的时候，这一对阿力马思都会在他们的上空盘旋，好像是在比较到底哪一对更幸福。

琪琪格说："你看，这两只阿力马思也是恩爱的一对儿。"

松布尔说："听老人说，这一对阿力马思世世代代保佑着我们不受外界侵害，是我们这一片草原的守护神。"

已经进入青春期的松布尔，身材日益挺拔魁梧；琪琪格出落得一天比一天漂亮，像玫瑰花一样美丽。双方的家长看在眼里，乐在心里，早就约定好了二人的婚事。

有一天，那日图艾拉来了三个官差打扮的人，召集了牧民宣布："你们听着，领主大人有令，把你们这里十六岁到二十五岁的女孩全部叫出来，领主大人要纳妾。"

官差走了之后，松布尔的父亲布东朝鲁老人，急忙找到琪琪格的父亲乌宁巴图老人，说："现在可有点儿不对劲啊！得抓紧时间，给两个孩子的叔叔舅舅们传话，这两天就把孩子们的婚事办了，省得夜长梦多，横生枝节。"

乌宁巴图表示同意："就按你说的，抓紧时间办吧，吉日就定在明天。通知叔叔舅舅们和亲戚朋友们，让他们快点儿过来帮忙。"

第二天上午，两户人家按照草原上的习俗，分别举行了聘姑娘和迎亲的仪式。按照蒙古草原上的规矩，男方和女方的叔叔舅舅们分别来到各自的家里，被请到上座。亲戚朋友们纷纷前来送上祝福，给婚礼增加热闹的氛围。

女方聘姑娘的时候，以男方大胡德为首，带着九人的迎亲队伍，骑马来到女方的家里，会见女方九人的送亲队伍。双方的大胡德再进行商议，婚礼就按照商议的结果进行。大家说好，虽然双方家在一片草原上，但是按照蒙古远方迎亲的传统习俗办理。

一大早，男方的迎亲队伍迎着朝阳出发，来到女方家里接新娘子。为祈求吉祥圣山保佑，新郎新娘一共二十人的迎亲和送亲队伍走到巴音杭盖圣山，顺时针绕行，回来的时候正是进行婚礼的吉时。

家里的人们忙活起来，炸油饼，炸果条，备好奶食、美酒和瓜果蔬菜美味食品，又宰了六只羊，准备中午的盛宴。

左邻右舍的亲戚朋友们也都过来跑腿帮忙，一片过节一样的喜庆氛围。

突然，三十几个骑马的官差围了上来。领主在中间，勒紧缰绳停住。

一个随从大声呵斥："你们都听着，你们这里的人与领主抢女人，新郎要蹲监狱，新娘要跟我们走。你们赶紧把人交出来！"

听到这个消息，人们好像冷水泼面。松布尔和琪琪格的几个朋友，骑上马就往巴音杭盖山的方向跑去。

看到远去的几个年轻人，领主说："他们肯定是送信去了，赶紧给我截住他们！"十几个官差策马追了过去。

快马加鞭的年轻人绕到巴音杭盖山的背面，朝远处的迎亲队伍喊道："官差要来抓新郎新娘了，赶紧跑！”

深知习俗的领主又派了十个人，从逆时针方向堵截住了他们。

被突如其来的变故吓坏的二位新人，不知所措。婚礼大胡德说：“松布尔、琪琪格，你俩赶紧跑！我们也分开两路跑。”

松布尔和琪琪格二位新人把两匹马的牵绳连到了一起，表明了生死与共的决心，拨马便逃。

其他人也分开两路逃跑，吸引了官差们的注意力。跑着跑着，官差发现被骗了以后停止了追赶，又集结到一起，兵分几路，向另一方向追去。

松布尔和琪琪格虽然骑着快马，跑出了很远，但是前方的路被树林和山丘阻碍，两人的速度慢慢降了下来，后面的官差也很快地追了上来。

树林越来越茂密，无法骑马前行。两人下了马，把马的缰绳和笼头取下，挂在了马鞍上，把马放走，继续步行前行。

官差们也下马追了过去。

他们一直向山顶爬，突然发现爬到了一个断壁悬崖上，前方已无路可走。

松布尔叹了一口气，眼含泪水，对着琪琪格说：

“我亲爱的琪琪格，前面已经没有路了，不要再跟着我了，你和官差们走吧。”

琪琪格看着松布尔，眼泪就像珍珠一样一颗一颗的掉了下来：“我死也不会离开你，要死咱俩一起死！”说完猛地扑入了松布尔的怀里，二人抱头痛哭。

这时，就听到下面的官差冲他俩喊：“别跑了，前面已经没路了。”

松布尔说：“咱俩只剩下一条路了。”

琪琪格此时已下定决心，与心爱的人一起跳崖。

琪琪格说：“如果你死了，我也不会和任何一个男人一起生活。”说完两人手拉着手，踩上了峭壁边上，闭着眼睛，跳下了悬崖。

看到眼前这一幕，官差们惊慌地大喊：“他们跳下去了！他们跳下去了！”

正在这个时候，翱翔在天空上的两只阿力马思大鸟呼啸着飞了过来，从空中接住了他俩，飞向了天际。

此时，也正是这两只阿力马思功德圆满，灵魂升天的时候。

松布尔和琪琪格眼前亮起了一片夺目的白光，二人闭上了眼睛，一股神奇的力量包住了他俩。

飞在天上的二人突然停止了飞行，掉了下来。

两个人都不由自主地挣扎着站起，琪琪格突然发现自己会飞了，看见另一只挣扎站起的阿力马思，又看看自己的手脚，明白过来了。

这时，从天空中传来人声："松布尔、琪琪格，你们两个经历劫世，成为阿力马思。我们灵魂升天的时候，你们正好附在我们的肉身上。一开始，我们只想飞过去救你们，没想到咱们四个正好遇到了因果轮回的天时，事情才会变成这样，你们也只能接受。"

松布尔愤怒地说："是官府的人把我们害成这样的，我一定要把他们碎尸万段！"眼睛里充满仇恨。

阿力马思说："你们两个已经脱离红尘，修行到时，也会列入仙班，世间的事情已经与你们没有任何关系，一定要摒除一切仇恨，修身养性，积福积德，直到灵魂升天，脱离六道轮回之苦。"

松布尔的情绪慢慢平静了下来，眼神也平和了许多。

阿力马思又说："你们已经不能在这里生活了。因为不久之后，你们会目睹父母亲人们相继离去，这对你们的修行不利；再说你们明天就会失去人性，所以你们要快点去你们应该去的地方，到了那里，你们会重新开始生活，先修为妖，后修为仙。"

阿力马思又从天空中千里传音，告诉山下的人们：“你们听着，松布尔、琪琪格现在已经成为阿力马思，你们不能伤害其家人，谁若作孽，谁不可活！”

阿力马思的声音在天空中飘荡了很久，领主带着众官差跪拜阿力马思，跪了好久不敢起来，生怕阿力马思过来报复他们。他们又下山，给人们挨个松绑，个个道歉。

这个时候，已变成阿力马思的松布尔和琪琪格在自己家乡的上空盘旋了一圈，把新郎新娘的蒙古袍和头饰首饰，从空中扔到了自己家门口。

松布尔和琪琪格的父母把他们衣物收回去，放进柜子里，供了起来。

就这样，草原上恋爱中的两个小青年成了阿力马思，在这里修行，成为这里的守护神。

平地拉起阿尔巴特的阿力马思，就是松布尔。

通过白石山

大伙刚刚听完阿力马思的故事，惊恐的心神还没完全安定下来，就见阿力马思张开巨大的翅膀，又飞冲过来。

大伙赶紧跑进旁边的小树林里，暂时躲开了它的攻击。

十位勇士连连喘着粗气。

阿鲁哈提醒大家：“我们现在经过了两天两夜，开始第三天了。”

哲别瞪大眼睛说：“都两天了吗？我们怎么连吃喝都忘了？”

察合台回应：“是啊，大家把随身携带的食物拿出来吃吧，喝点儿马奶，解一解乏。”

听了察合台的话，大家找了一个隐蔽的地方坐下来饱餐了一顿。吃喝完毕，阿尔巴特借着小树林的掩护，往白石山方向进发。他们走了没多远，就被阿力马思发现了。

阿力马思双手抱着一根巨大的木头，两只爪子各抓着一块大石头，从白石山方向飞过来，朝阿尔巴特的头顶上使劲扔了下来。

阿尔巴特左转右躲，前扑后仰，累得要死，终于躲开阿力马思的第一轮投弹。

察合台说："我们不能取它的性命，但也不能让它一直这么纠缠。阿鲁哈，苏和，你们快点儿，把弓箭的箭头取下，射它。"

他俩连射了好几箭，都被阿力马思的翅膀拍了下来。

其余背着弓箭的五人，都把箭头取下，一齐射向阿力马思，箭就像雨点一样，不断地射向阿力马思，但还是被它轻松地拍了下来。

大家正在干着急的时候，欧恒其列对阿鲁哈和苏和二人说："你俩过来，给我一支箭。"

他拿着阿鲁哈和苏和给的箭，从怀里拿出两个炮仗，拴在箭头上，交给二人。

欧恒其列找了些干草和几根干树枝，用火镰点着火以后，对着二人说："你们先准备好，我把炮仗点着，你们就往阿力马思的腹部射过去。"

阿力马思又一次抱着大石头飞过来，刚要把大石头扔下来的时候，欧恒其列点着两个炮仗，大喊一声"发射"，两只拴着炮仗的箭，带着火星，冒着烟，向阿力马思的腹部直射过去。

看见射过来的箭，阿力马思还是用翅膀去拍。

没想到栓了炮仗的箭比没有箭头的箭分量要重，从阿力马思翅膀的羽毛中间穿了过去，射到了它的肚子上，"嘭"的一声爆炸了。

从来没听到过这么大声音的阿力马思，觉得是不是天要塌下来了，或者是雷神的凿子打到了自己的肚子上了。没等它缓过劲来，又是"嘭"的一声爆炸，肚子上一股火辣的灼热感，吓破胆的阿力马思，用最快的速度逃走了。

大伙终于松了口气，走出小树林，朝着白石山的方向前进。

回到山顶上的阿力马思，看见阿尔巴特已经走到山脚下，开始往上爬了。

阿力马思的窝就在山顶上，母阿力马思也听到了刚才的响声，非常恐惧地蜷缩在窝里，用翅膀搂着两只小崽。

阿尔巴特慢慢逼近了它的窝，阿力马思奋起反抗，保卫自己的领地。

因为它害怕爆炸，不敢飞过去，所以它改变了战术。

见他们走到对自己有利的地势时，阿力马思就用力推下了山坡上的大小岩石。

正在爬坡的阿尔巴特眼看大大小小的岩石从山坡上滚下来，他们急忙躲避，再也无法前进，从半山腰上退了下来。

速不台急中生智，对大伙说："阿力马思生活在一个白色光芒的区域里，它不是一个恶毒的生灵。看样子上面是它的窝，所以它在拼命抵抗。现在只有一个办法，就是让它暂时动弹不得。以察合台为首的我们五个人，还是正常爬山，吸引阿力马思的注意力。其余的五个人，拿着察勒玛银绳，绕到山后面，从背后套住阿力马思。欧恒其列敲起萨满鼓，趁着它无法动弹之机，我们可以逃出白石山。"大伙点头，觉得这个计划可行。

前面的五个人吸引着阿力马思的注意力，后面的五个人绕到了山后面。山势陡峭，在一些无法攀爬的地方，巴图胡亚嘎和其隆巴图两个人，用套绳套住崖壁上的尖石或者树木，自己先爬上去，把绳子固定好，再让其他人爬上来。五人全部爬上山顶，从公阿力马思的后面悄悄包围了过去。

母阿力马思发现了他们，立即通知了正在与正面五个人对抗的公阿力马思。

公阿力马思张开翅膀刚要起飞，巴图胡亚嘎和其隆巴图就把察勒玛银绳用力扔了过去，银绳闪着银光，一个套住了阿力马思双腿，一个套住了阿力马思的全身。五个人同时跑过来，使劲往下拉，把它固定在了大树上。

欧恒其列敲起了萨满鼓，察勒玛银绳顿时就变得又粗又大，牢牢拴住了拼命挣脱的公阿力马思。这时正面进攻的五人也都爬了上来。

母阿力马思蹲在窝里，展开翅膀盖住两只小崽，恐惧地看着这些不速之客。

阿尔巴特从阿力马思窝的东边绕到西边，两只小崽虽然被母亲压在翅膀底下，但好奇心驱使它们从母亲的翅膀下挣脱出来，站在窝边，看着眼前经过的阿尔巴特。

突然，两只小东西挥动着小翅膀，一蹦一蹦地跳了下来，一只跳到了速不台的怀里，一只扑棱着小翅膀跳上了哲别的肩膀。

大蒙古国的两员虎将，看到这两个可爱的小东西这么淘气，心生爱意，抱着两个小东西走上几节台阶，送到了它们母亲的怀里，抱歉地说："太对不起了，吓着你们了。"

走下了台阶，速不台说："是咱们打扰了它们安静的生活，咱们快点下山吧。"

大伙开始下山，没走几步，察勒玛银绳又回到了他们的手里。回头看时，公阿力马思和自己的老婆孩子一起，若有所思地站在自己的窝边，看着他们。

阿尔巴特带着歉意，右手放胸前，向它们鞠了个躬。

阿尔巴特快步走下山，走到一块平坦的地方。

大伙原地坐下，深深吸着气。隋和图突然说："我好口渴，要是有口水喝就好了。"

大伙这时候才觉得口渴，四处张望，寻找水源。隋和图突然摆手，示意大家安静，他隐约听见不远处有流水的声音。他寻着声音跑过去，发现两个白色的大岩石缝里冒出了清凌凌的泉水。

隋和图没直接喝，冲着大伙大声喊："这里有泉水！这里有泉水！"

大伙高兴地跑了过来，喊：“太好了，有泉水！”

察合台跑过来，对着大伙说：“这和吉鲁根巴特尔所说的一样，白色岩石缝里流出的水可以喝。”说完双手捧了一捧水，喝了起来，大伙也跟着一起喝了个够。

察合台说：“大伙都累了，刚喝饱了泉水，就在这儿歇息吧。”

阿尔巴特把察勒玛银绳揣进怀里，用察勒玛金绳把大伙的右手腕拴在一起，美美地睡了一觉。

阿鲁哈翻转了手中的沙漏，说：“第四天开始了。”

大汗狩猎

狩猎是蒙古民族的民俗之一，也是生活来源之一，更是军队演习的主要内容。

苏尼特全羊宴之后的第二天，成吉思汗身穿黄色锦绸长袍，脚蹬鹿皮长筒靴，背上弓箭，佩带宝剑，骑上自己的洪格尔战马，开始了狩猎。

穿着狩猎专用甲，背着弓箭，佩带宝剑的吉鲁根巴特尔、孛斡尔出、者勒蔑、哈萨尔、别勒古台等人，随行在成吉思汗的左右。

众人骑马飞奔到一座小山坡顶上，进入吉鲁根巴特尔早已选定好的一片狩猎区域，仔细观察山脚下的小树林。那里有多黄羊、狍子、野驴之类的动物，它们从树林里陆续跑出来，到小河边饮水。

成吉思汗催马上前，冲入狩猎区域，大伙紧随其后。

大汗的坐骑洪格尔战马乃是马中蛟龙，人们拼命追赶，还是被落下好大一截。

成吉思汗看着后面的将军们拼命追赶，轻拉缰绳，与大伙拉近距离。

狩猎开始之前，吉鲁根巴特尔精密部署了保护成吉思汗的方案。由功勋大将孛斡尔出、者勒蔑二人在右手护卫，吉鲁根巴特尔和托轮查尔必在左手护卫，托雷和窝阔台垫后。其他将军和士兵们在外围护驾，严密观察远处的动静。在狩猎区内，大将们和成吉思汗一同狩猎，一切都按照大汗的喜好随时改变。

狩猎一开始，大汗冲向一群野驴，左手把缰绳挂在马鞍桥上，拿起弯弓，右手从后背箭囊里抽出一支箭，开弓射向一只奔跑中的野驴。

利箭呼啸而出，精准的射穿了野驴的脖子，野驴随惯性倒地，翻滚了几圈，抽搐了几下，不再动弹，周围飘起一片尘土。

野驴群四散奔跑，大伙紧跟大汗左右，严加保护。大汗拉开弓，又射倒了一头野驴。

外围守护的官兵们把远处的黄羊群赶入狩猎区附近。

一群受惊的黄羊从北边跑入了狩猎区，离大家越来越近。成吉思汗骑马冲过去，射倒了好几只黄羊。

一晃两个时辰过去了，成吉思汗勒住了缰绳，高兴地对大家说："今天我可过足了猎瘾了，咱们午间休息吧。"说完带着大伙走向了狩猎休息大帐。

大帐外面很是热闹，官兵们搬来许多大小差不多的石头，三个三个摆起来，在上面支起大锅，挑来河水倒进锅里，生火烧起水来，再把用刀分解好的猎物放进锅里。

食物煮熟，装盘完毕后，成吉思汗下令开餐。又是野营，又是野味，大伙吃得津津有味。

野餐完毕，大汗下令官兵们继续狩猎，自己在大伙的护卫下回到了驻地。

第二天早晨，吉鲁根巴特尔、孛斡尔出、者勒蔑、哈萨尔、别勒古台、窝阔台、托雷、托轮查尔必等人陪着大汗饮早茶，把前一天煮熟的野味冷肉片下来泡在热茶里吃，更是另外一种美味。

喝茶之际，成吉思汗对大伙说："今天咱们猎鹿吧，你们觉得如何？"

于是大伙开始议论怎么围猎，从哪里入手为好。

这时，吉鲁根巴特尔从怀里拿出一根肩胛骨，对成吉思汗说："大汗，咱们现在用肩胛骨占卜，看看阿尔巴特的动态吧？”

成吉思汗回答：“正合我意。”

吉鲁根巴特尔把羊肩胛骨放在烧红的炭上，把烧裂的肩胛骨夹出来，放在金盘上，展示在大伙面前。

大家聚精会神注视着卦象，成吉思汗和众位将领都欣喜地看出化险为夷、平安顺意的卦象。

成吉思汗讲：“这个卦，在卦象中叫清平顺意卦。”

吉鲁根巴特尔回应：“大汗所言极是。我们顺应天意，受大汗福泽庇佑，英勇的阿尔巴特肯定会一路凯歌。如果没有猜错，阿尔巴特今天应该闯过了阿力马思，我们可以放心狩猎啦！”大伙听到这儿，兴高采烈地走出大帐，按照昨天的部署，跟随大汗上山猎鹿去了。

成吉思汗带领大家来到了一座山林脚下，拉马停住，对着大家说：“咱们今天虽然是来猎鹿的，但是要知道行猎的规矩，现在是七月份，不可射杀母鹿和小鹿。”大伙都表示遵命。

成吉思汗带领众人，在这个阳光明媚、绿树成荫的围场里，来回奔腾数次，半天时间猎到六只大麋鹿，结束了围猎。

傍晚时分，吉鲁根巴特尔指挥士兵在附近的山里点起篝火，派萨满围住篝火，由首领萨满和猎户萨满监督，在特定的时间作法，相助阿尔巴特，传送萨满法力。

按照吉鲁根巴特尔的吩咐，萨满们开始敲击与自己的守护神通灵的日月星辰、山川河流形状的萨满鼓。

萨满们作形成巨大的能量磁场，化为一条巨大的蓝光束，直向大乾达摩尼山的方向而去。

铜盆头女鬼

进入锁魂洞

两只仙鹤在天上带路，走着走着就不见了，走在最前面的察合台也跟着不见了。

前面的路变得和斑马身上的条纹一样，十几步是白天，十几步是黑夜，伴随着雨、雪、风、雷、闪电、冰雹、地震、海啸、暴风雪、沙尘暴等各种恶劣的天气。

刚从暴风雪天气中走出，又遇到了地震，速不台差点儿掉进了地震时裂开的地缝里，他大喊：“欧恒其列，赶紧敲起萨满鼓！”

欧恒其列走在沙尘暴天气里，听见速不台的叫声，立刻敲起了萨满鼓。

突然有一股蓝色的光柱从天而降。

哲别在大雨中喊着：“看这蓝光来的方向是咱们大本营的方向，吉鲁根大人肯定聚集萨满们，协助我们渡过这一关呢！”

速不台站在阳光底下说：“那咱们就顺着这股力量，通过这一关吧。大伙合起伙来，把最前面不见踪影的察合台拉回来吧。”

鼓声响起，察勒玛金绳闪着金光，变得粗大有力，蓝光柱给了他们无穷的力量。九个人手拉手围住蓝光柱，站在雷电天气中，人们前后的护胸宝镜折射着闪电。速不台顺着金绳过去，把海啸天气中的察合台拉了过来。不会水性的察合台此时已奄奄一息。欧恒其列拉住了察合台的手。当与其他人手拉手站在一起的时候，察合台的身体立刻恢复了正常。

速不台说：“差点儿就走散了，幸亏有吉鲁根大人传送过来的萨满法力和察勒玛金绳，要是再远一点儿，我们的力量真的不足以把察合台拉过来，金绳估计也不起作用了。大伙现在手拉着手走，千万别松手。”

阿尔巴特手拉手，围着蓝色的光柱走着。在蓝光柱的帮助下，他们慢慢走出了恶劣天气，走进了一片森林。

两只仙鹤又出现了，大伙跟着仙鹤走到一座由黑色岩石构成的山前。

在他们面前出现了一个巨大的黑山洞，山洞两旁各有一个小山洞。

速不台嘱咐："看来这不是什么好地方，既然带路的仙鹤飞至此地，肯定是必经之路。大家一定要多加小心，抓好察勒玛金绳。欧恒其列，随时准备敲打萨满鼓。"

哲别自告奋勇说："这个黑山洞就由我来带路吧，咱们一起保护着察合台。"

速不台严肃地说："不行，必须是大富大贵的人带路。察合台是大汗的次子，所以会有'长生天'保佑。吉鲁根巴特尔也说过，什么时候都要按他排好的队形前进，我们必须遵循。"

察合台也同意："对，不能改变队形，咱们进去吧！"说完第一个走了进去。速不台和哲别紧紧跟在后面，左手抓紧金绳，右手握住宝剑，小心翼翼地走着。

走了半天，才发现从中间的洞口进去，从左边的洞口又出来了。

察合台惊奇："这可邪门了！"又带着大伙从山洞口走了进去，摸着黑靠着山洞的右壁走了好久，看见前方的亮光，走出了山洞，发现又从山洞右边的小山洞走了出来。

疑惑不解的阿尔巴特从洞口开始，仔细观察了里面的地形，商量了好久，才再次走了进去。

突然，两只仙鹤在上方鸣叫，他们看见仙鹤鸣叫的方向的崖壁上有一个模糊的大黑影，好像是个山洞。

其隆巴图和巴图胡亚嘎拿着套绳，试探着向上扔了过去，试了好几下，终于套住了一个东西。

其隆巴图顺着绳子爬了上去，踩在被套住的岩石上，又往上扔套绳。他试了好几下，套住了山洞下方的一节枯树枝。他第一个爬了上去，示意大家顺着绳子爬上来。

大伙都爬上来以后，按着顺序往里走。走着走着，看到了亮光，终于从山洞里走了出来。

眼前是一片草原，草原的右边是一片望不到边的森林，中间有一座黑压压的大山，两只仙鹤向大黑山的方向飞去。

阿尔巴特跟着仙鹤，走入了森林，来到大黑山脚下。

此时仙鹤已不知去向，一个阴森森的黑洞向他们敞开着。

察合台讲："看来又要进入山洞了。"说完左手抓紧察勒玛金绳，右手紧握宝剑，带领大伙走了进去。

速不台、哲别、阿鲁哈、苏和、隋和图等紧人随其后。

山洞里突然冒出一团黑气，一股无形的力量把前面带路的五人甩了出来，压在后面的五人身上。

这不是一般的力量，眨眼之间，把大蒙古国五位盖世英雄轻松甩了出来。

正在人们不知所措的时候，后方亮起了通天的白光，察合台带头朝着白光磕了九个头，白光就消失了。

每个人左胳膊上都系上了银色的绸带。

这时，右胳膊上的金色绸带和左胳膊上的银色绸带分别闪起了金光和银光，人们顿时感到体内充满了无穷的力量。

速不台说："之前遇见佛光时，我们的右胳膊缠上了金色的绸带，现在遇上了仙光，咱们的左胳膊上缠上了银色的绸带。我感觉体内流通着一股神奇的力量。现在大伙把察勒玛金绳和银绳都拿出来，先用金绳把自己连起来，再把银绳连成一条，察合台把前端卷起，随大伙边走边往黑洞里套，如果能套住什么妖魔鬼怪，就把它拉出来。欧恒其列，马上敲起萨满鼓！"

随着鼓声，人们身上闪起金光银光，察合台拿着察勒玛银绳，带头冲入了黑洞。

大洞里面非常宽敞，还有几棵大树。

大树旁边，黑洞中央，背对着阿尔巴特，站着一个身穿黑色袍子，没有头，肩膀上顶着一个铜盆，铜盆上长出披肩长发的女人，一只胳膊垂着长长的袖子，另一只手拿着一个骷髅头。

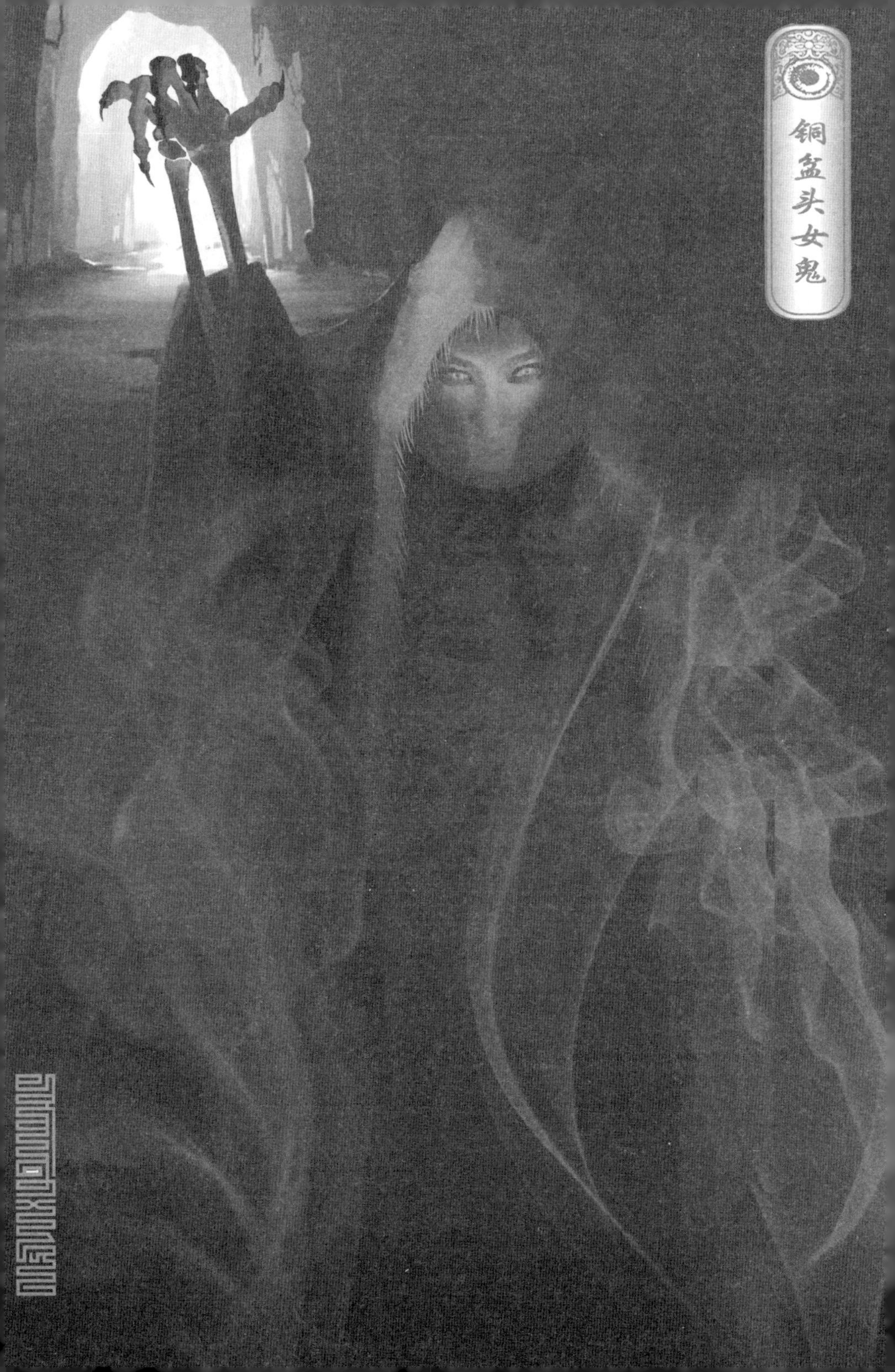
铜盆头女鬼

铜盆头女鬼

这个女人就是铜盆头女鬼，生前是草原上一户富贵人家的夫人。

她的名字叫乌尔，出嫁前是一个萨满世家的小姐。

她的丈夫叫宝仁岱。宝仁岱的父亲是当地的执行官，为了巩固势力，与萨满世家联姻，娶了她。

乌尔嫁过来没几年，宝仁岱的父亲就过世了。宝仁岱接替了父亲的职务，当上了执行官。

宝仁岱性情暴躁，喜欢喝酒打人，当地人都怕他，但他对自己的妻子还算可以。乌尔一开始不太喜欢自己的丈夫，只是日久天长了，才慢慢接受了这个男人。

乌尔平时在家操持家务，两个人的生活就那么过着，不久又添了一个可爱的女儿。

丈夫经常在外公干，暴躁的性格也得罪了不少人。

有些人虽然对他恨得咬牙切齿，但是谁也不敢惹他。

由于乌尔的家族世代是萨满，到了一定的年龄，她的天眼就会慢慢地打开。天眼开了以后，她学会了请祖先的灵魂上身、占卜和作法。草原上有谁家丢了牛丢了马或者谁家有人生病，都会请她来看。草原上的牧民们都非常爱戴这位执行官夫人。

她从来不给自己占卜，因为她为自己占卜过一卦，占卜出来的结果是："夫妻不到头，大灾大难无尽头。"

她不敢再往下想，也常常劝导丈夫与人为善，少惹祸，但是丈夫从来不听她的话。

有一天，丈夫喝得酩酊大醉，回来倒头就睡。她在一旁伺候着。这时，一个被她治过病的十三四岁的小男孩偷偷跑过来，对她说："我姥姥让我来的。今天你家老爷喝多了，带着十几个人，把下山办事的山贼二号头目打死了。他们说要来好多人，找你丈夫报仇呀！"

听到这话，乌尔非常惊慌，给了小孩好多吃的，让小孩回去了。她又叫来管家交代了一些事宜。

然后，她拿出自己的占卜用具，走出蒙古包，在包外烧了一堆篝火，从马棚顶上取下一个巨大的骆驼肩胛骨，把烧红的炭放在肩胛骨上，用萨满宝镜引来篝火光，查看肩胛骨烧焦的纹路。她占卜了好多次，都是下下签。

没办法，乌尔走进屋里，让女儿等父亲醒来，一定要把占卜的结果告诉父亲。

她自己穿好了萨满衣，围着篝火，拿着萨满宝镜和萨满鼓，对着月亮作法。乌尔的灵魂一出窍，就钻进了地里，走过一段昏暗的路，借萨满宝镜的亮光，在一片黑压压的树林边上，找到了要来摄取他们魂魄的鬼差。

乌尔单膝点地行礼："见过鬼差大人。"

鬼差一直笑着看着她，虽然是笑脸，但是鬼差的笑脸让她觉得不寒而栗。

鬼差说："你这个脑袋好啊，已经开了天眼，哈哈——，我知道你的来意，可这是上天的安排，谁也没有办法。"

听到这儿，乌尔哭得泣不成声。

鬼差说："除非……"

乌尔看到了一线生机，焦急地："除非什么？"

鬼差说："除非你和我赌一把，赢了你就能逆转天意，输了也是理所应当。算了看你如此可怜，就算平手，也算你赢。怎么样？但是你拿什么来和我赌呢？用你的脑袋吗？"

乌尔无奈地说：“也没别的办法了，我就用我的脑袋和你赌。”

鬼差从怀里拿出三个色子：“比大小怎么样？大的赢。”

乌尔跪地说：“谢谢鬼差大人给机会！”

二人开赌，鬼差先掷色子。色子在色盅里旋转着落地，居然是三个一。乌尔不管掷出什么都是赢，就算平了也是赢。乌尔高兴地跪谢鬼差后，兴高采烈地回去了。

鬼差看着她的背影，笑着说：“鬼的话你都信吗？真可笑！”

在乌尔灵魂出窍的时候，女儿一直想叫醒父亲，但是怎么都叫不醒，只好跑去告诉了管家。管家知道山贼的厉害，按照之前夫人的吩咐，叫大家赶紧收拾东西，把老爷抬上牛车。小姑娘哭着要妈妈，但是大伙都知道萨满灵魂出窍时，不能挪动萨满的身体，如果挪动了，萨满的灵魂就再也回不来了。大伙抱着孩子，带上家里值钱的东西，赶着牛羊马群，连夜跑了。

乌尔的灵魂刚一附体，一把弯刀砍过来，砍掉了她的脑袋。

她用脑袋当了赌注，输了就是保全自己，赢了就是保全家人。

当布仁岱酒醒以后，知道了一切，后悔万分。

体会到妻子之前的良苦用心，布仁岱抱着女儿哭了好久。从那以后，他把酒戒了，也开始善待下人，学会与人为善，带着女儿过着平淡的生活。

鬼差拿走了乌尔的脑袋，剩下一个没有头的灵魂，在世间游荡了好多年，才找到了重新投胎的地狱之门。

由于没有头颅，看门的鬼差不让进去："你这样不能投胎，除非找个合适的东西代替。"

又经过了好多年，在一个伸手不见五指的夜晚，乌尔来到了一户人家外面。那家的主人正在蒙古包门口洗东西，有事被人叫走了。她摸到了洗东西的铜盆，感觉光滑圆润，抓在手里爱不释手。她把铜盆立在了肩膀上，就像脑袋一样，铜盆慢慢与她有了默契。

她可以听到好远的声音，铜盆像扩音器一样，能让她唱出诡异的歌声；这种歌声可以迷惑人的心智；铜盆底就像镜子一样，可以照见人的内心，辨别世人的善恶。

地狱诺门汗知道后，让她来看守地狱之门，在门口辨别世人的善恶。

这回乌尔的官位比之前和她打赌的鬼差大了，鬼差也过来巴结她，把她的头颅还给了她。

她把自己的头放到脖子上以后，前世的林林总总，一下子浮现在她脑海里，她突然被一股巨大的恐惧笼罩住了，急忙把自己的头又拿了下来。

她觉得还是铜盆比较好，但头颅毕竟是自己的，也舍不得扔，就一直把头颅抓在手里。

阿尔巴特遇到的，就是这个铜盆头女鬼，地狱诺门汗的看门鬼。

通过锁魂洞

阿尔巴特被一阵女人的歌声干扰，失去了意识。

十个人迷迷糊糊，就像梦游一样，伸出双手，搭在前面人的肩膀上，慢慢走向了铜盆头女鬼身后的大红门。

镶嵌着九颗大铜钉的大红门吱呀呀打开了，从里面吹来阵阵阴风，女鬼可怕的歌声在山洞里回荡。察合台双臂向前伸直，眼神呆滞地走在最前面。后面的人也一样，把手搭在前面人的肩膀上，按照顺序慢慢地走过女鬼旁边。

走着走着，走到了大红门前面，察合台抬起一只脚，正要迈过大红门的门槛，蓝仙鹤突然飞了过来，用翅膀拍掉了欧恒其列别在腰带上的萨满鼓。

萨满鼓“嘭”的一声，掉在地上，落地的声音就像打雷，打断了女鬼的歌声。失去了神智的阿尔巴特立刻被惊醒了。

欧恒其列捡起萨满鼓，敲打了起来。醒过神来的察合台，抓起察勒玛银绳，向铜盆头女鬼扔了过去。察勒玛银绳闪着银光飞过去，套住了女鬼。

女鬼的法力被萨满鼓声破解，武力更不及察合台，被乖乖地套住，无法动弹。

愤怒的察合台拉着女鬼，走向了洞口处，要把她暴露在太阳光下。被察合台拖在地上的铜盆头女鬼，一边哭，一边恳求。

察合台停住脚步，看着哀求的女鬼，又想起吉鲁根巴特尔的嘱咐，不能伤及这里任何一个妖魔鬼怪的性命，思索片刻，就把她放了。

阿尔巴特十个人按照顺序，刚要走出锁魂洞时，又被女鬼的歌声迷惑了……

大家醒来的时候，发现全部被绑吊在树上，下面烧起了篝火，女鬼在下面跳着舞，哈哈大笑。

察合台愤怒地说："你这个女鬼，我饶了你的命，你却不知感恩，还这么卑鄙地把我们吊起来。你也太不知羞耻了吧！"

铜盆头女鬼回应："记住，永远不要和鬼讲道理。这里的规矩和你们的完全不一样，我的头就是和鬼讲道理讲丢的。”

这时，察合台发现有一条碗口一般粗、一人多长的白色蟒蛇，好像在和哲别交流着什么。

他感觉似乎有转机，就尽量和女鬼攀谈，吸引她的注意力。

察合台问：“能给我讲一讲你的脑袋是怎么丢的吗？”

女鬼说：“我以前……”

正在女鬼讲得很投入的时候，哲别、候欧恒其列、速不台三人从树上跳了下来。欧恒其列敲起了萨满鼓，另外二人同时丢出察勒玛银绳，套住了女鬼。速不台拉着女鬼就要往洞口走，女鬼又和刚才一样，跪地哀求。

欧恒其列一直敲击着萨满鼓，女鬼无法施法术，哲别解开了其他七个人的绳子。

哲别把绳子解开了以后，卷起裤腿，抽出弯刀，从自己的小腿上割了一块肉，喂给了白蛇。

吃了哲别肉的白蛇，慢慢钻进了树洞里。

察合台接过了速不台手里的银绳，把女鬼拴在树上。欧恒其列一直敲打着萨满鼓，大伙小心翼翼走出了锁魂洞。

察合台问：“哲别将军，刚才是怎么回事？怎么要割下自己的肉喂蛇呢？”

哲别坐在一块岩石上，说：“我一向能与动物交流，而且那条白蛇是我的老相识了。白蛇告诉我，刚才那个山洞叫锁魂洞，那个女鬼叫铜盆头女鬼，是地狱诺门汗的看门鬼。我们遇见了她，就表示我们从地狱门口走了一圈。我向它求救，让它帮我们解开身上捆绑的绳子。它说：‘念你曾经给我解围，让我顺利渡过难关，成为精灵，我破例冒着风险救你吧！不过是有条件的，我从来没有吃过人肉，如果你答应，获救之后给我割一块人肉吃，我就会帮你们解开绳子。’”

欧恒其列不解地说：“最后咱们都把女鬼降服了，没有必要非要给它割肉吃吧？如果它要纠缠不清，直接一刀砍了得了，省得受这割肉之痛。”

哲别回答：“小伙子，记住，咱们蒙古人说出的话就要兑现。如果咱们的圣主成吉思汗不是这样一个言而有信的圣人，咱们大蒙古国也不会打下这么大一片疆域，让全世界臣服。”

欧恒其列右膝跪地说：“谨遵将军教诲，我一定会铭记于心！”

察合台说：“哲别叔叔，您这么大的年纪，受这割肉之痛，真是令小侄心痛。你应该事先告诉小侄，让小侄替您受这皮肉之苦。”

哲别急忙行礼：“皇子如此厚爱，让末将受宠若惊。末将想，自己的事情还是自己解决比较好，所以没有和大家说。”

听到这儿，所有的人都对哲别肃然起敬，向哲别敬礼。

阿尔巴特又踏上了新的征程，行走的速度越来越快，左右臂膀上的金银绸布闪闪发光，大伙的身体也渐渐轻盈地飘了起来，五六步一落地，飞快地前进着。

黑色预兆

狩猎的第三天开始了，也是阿尔巴特执行任务的第四天。金顶大帐里所有皇亲贵胄和功勋大将，陪大汗喝着早茶。

下人们拿着大铜壶，给每一位的银碗里倒上了飘着黄油的奶茶，再端来丰盛的奶食、面食、瓜果等美味，用木盘盛着的头一天打的野味，送到了每一位的餐桌上。

喝完早茶后，大伙开始穿戴盔甲，佩戴装备。

吉鲁根巴特尔提醒："今天是阿尔巴特出发的第四天，我们再用肩胛骨占卜一下吧。"随后烧了一个肩胛骨，放在金盘上，送到了大汗的面前。

大伙看到肩胛骨被烧得漆黑，肯定是出了不好的事，都紧张地望着大汗。

吉鲁根巴特尔端详着大伙，说："今天阿尔巴特路过锁魂洞时，会遇见地狱诺门汗的看门鬼铜盆头女鬼，所以肩胛骨会呈现出黑色。肩胛骨烧的痕迹没有黑线，没有裂缝，再加上肩胛骨上的路线清晰，他们应该已经闯过锁魂洞了。”

大伙听完吉鲁根巴特尔的解释后，才放下心来，紧张的气氛也缓和了许多。

外面的马桩处，护卫军给猎马备好了马鞍。

蓄势待发的骏马们，在原地蹄踏黄土，不停地嘶鸣。

窝阔台给大汗的天之白骏安上马鞍，牵了过来，扶着父汗上马，把缰绳交到了父汗手里。

其他将军们也从护卫军手里接过缰绳，战马们迫不及待地原地打转，有的前蹄仰起，长鸣不止。

以成吉思汗为首的大蒙古国的将帅们，气势昂扬地出发了。队伍秩序严谨，将军们都找好了自己的位置，在大汗周围护卫着。

狩猎的队伍从萨满作法的山后向东行进时，对面过来一个人。此人催马过来，下马往前走，大伙一看，原来是猎户萨满。

他走到大汗面前，跪地请示说：“望大汗垂怜！我的执勤已过，看到你们，正勾起我的猎瘾，我能否跟随您一同狩猎？”

成吉思汗讲："猎户萨满地位尊贵，允许陪同。"

猎户萨满高兴地跳上马背，催马进入狩猎队伍。

狩猎队伍往山林的深处走了好久，走到一个大峡谷时，突然前面出现三个黑色物体，挡住了去路。

吉鲁根巴特尔仔细观看，是三只纯黑的狍子，一动不动地站着。

他觉着此事很怪异，催马走到队伍前面，对成吉思汗说："大汗，咱们遇到了三只不寻常的动物，有点儿邪门。我担心会有闪失，大汗应该即刻收猎回营。"

成吉思汗觉得吉鲁根巴特尔的话有道理，同意即刻收猎回营。

这时，猎户萨满催马来到队伍前面，对成吉思汗说："有什么邪门的，三个黑色的狍子而已。您的军政忌讳怎么如此之多？我们萨满可是百无禁忌，让我来猎杀这三只狍子。"说完没等大汗发话，就拨马向前，从箭囊里抽出了一支箭，靠近了三只狍子。

看到猎户萨满依仗萨满神权胡作非为，成吉思汗顿时怒目圆睁，看了一眼旁边的弟弟哈萨尔。哈萨尔是世上少有的神力弓箭手，他的弓箭有着巨大的力量。

哈萨尔心领神会，拿下弯弓，上了三支箭，射向了猎户萨满。

猎户萨满被三支箭稳稳射中，由于哈萨尔射出去的力气太大，他被箭带离马背，飞了起来，最后钉在了前面的大松树上。

成吉思汗率领大部队，走向了返回大营的路。吉鲁根巴特尔指挥兵卒，焚烧了猎户萨满的尸体，然后催促着大伙赶紧回营。

在路上，大伙都一言不发，骑在马背上漫步走着。走了好久，有人才忍不住说："猎户萨满也不是第一次这么任性了吧？"

也有人说："他这次也有点儿太过分了，不知轻重。在神权和政权当中，没有摆正自己的位置，所以才落得如此下场。"

吉鲁根巴特尔在心里默默数着猎户萨满的罪行："猎户萨满不经允许，私自下山，乃死罪之一；惹怒大汗，要射杀不明征兆的动物，乃死罪之二；政权、神权顺序颠倒，到处宣扬萨满至上，乃死罪之三。"

大伙护送着成吉思汗回到了金顶大帐，大汗第一个下马。

一踏入大帐，成吉思汗就说："一路上身体不舒服，现在头疼得厉害。"听到这儿，孛斡尔出和者勒蔑急忙从两旁搀扶。

也遂夫人按照之前的方法，端来酸马奶给大汗服用，但是收效甚微。

大伙都着急地看着吉鲁根巴特尔，好像在说：“你应该知道是怎么回事。”

吉鲁根巴特尔仔细端详了大汗的面部：“应该没什么大碍，也许是阿尔巴特经过锁魂洞的缘故，毕竟是经过了地狱诺门汗的地狱之门。”

所有皇亲国戚、功勋大将们都急着向吉鲁根巴特尔询问：“那现在怎么办？”

吉鲁根巴特尔回应：“我现在马上就去搞明白。也遂夫人、将军们，好好服侍大汗。”说完转身走出了大帐。

孛斡尔出、者勒蔑、托轮查尔必等人跟了出来：“您现在要去哪里？我们该怎么办？”

吉鲁根巴特尔说：“肯定是阿尔巴特经过鬼怪之地，招引了黑蛇精的鬼魂过来作祟。白天还看不出来，到了晚上，问题肯定会很严重。”

几个人着急地询问：“那该怎么办？可有破解之法？”

吉鲁根巴特尔说：“一定要抓住这个黑蛇精的鬼魂，祛除大汗身上的蛇毒。放心吧，大汗是天之圣人，大福大贵，自然有‘长生天’保佑，各位也不要太过惊恐。我马上就去想办法，不久就会回来。你们好好陪护大汗，不可有任何闪失。”

听到这儿，大伙也只能回到大帐里，等待吉鲁根巴特尔的消息了。

吉鲁根巴特尔走出大帐，骑上自己的坐骑，向西奔跑。

到了西北边的山脊上，他拉缰绳停住，下了马。

他手握牵绳，来回踱步，心里暗暗盘算：“现在该怎么办？还能向谁求助？”

他抬起头，遥望山川草原，低下头冥思苦想。过了一会儿，他好像突然想到了什么，从怀里掏出一个香包一样、有着精致花纹的小皮囊，倒出九个铜钱，用铜钱占卜了一下，显现出“向其他宗教求助”的字样。

吉鲁根巴特尔很诧异地看着这个卦，又陷入了沉思：“花剌子模信仰伊斯兰教，以前王汗信仰景教，宋人信仰佛教和道教，到底应该求助于哪个宗教呢？圣祖成吉思汗与道教的长春真人邱处机私交甚厚，颇有渊源，那肯定是与道教有缘，应该向道教求助。”

吉鲁根巴特尔思索片刻，牵着马走下山脊走到一个水潭边上，把马拴好坐在一块岩石上。微风吹拂着水潭泛出层层水波，他从怀里掏出了一把口弦琴演奏起来，口弦琴的声波和水潭的水波互相碰撞，在水面上出现了一个画面，画面里正是两个道士模样的人。

阿达格尔黑魔

进入昏天黑地

哲别腿上的伤在不知不觉中痊愈了。阿尔巴特不知道走了多久，突然天昏地暗，刮起了沙尘暴。欧恒其列不知道发生了什么，怕有危险，就敲起了萨满鼓。

察勒玛金绳顿时金光闪闪，没过多久，沙尘暴就停了。

他们来到了一个没有任何植物，光秃秃全是沙子的地方，天空更是昏黑得出奇。他们顺着一条朝西的小沟一直走，翻过一个小山丘，前方赫然出现了一个龇牙咧嘴、满嘴泡沫的巨大黑魔，手持狼牙棒向他们冲了过来。

欧恒其列不断敲打着萨满鼓。察合台没有一丝惧意，抽出了腰间的弯刀，向这个大黑魔砍杀过去。其他人也跟随察合台冲了过去。不知道打了多久，这个大黑魔似乎一点儿累的感觉都没有。

哲别出主意："咱们摆成刀阵，全体都到黑魔的右边，排成一排。"

大黑魔冲过来的时候，十把弯刀一起用力，向他的狼牙棒砍过去。十把弯刀闪着银光，与大黑魔的狼牙棒碰撞的时候，狼牙棒被震飞了，大黑魔也突然不见了。

阿尔巴特趁机向西跑，没过多久，又遇到了和刚才一样的山坡。爬到山坡顶上，发现大黑魔正站在他们的对面。

双方是仇人见面，分外眼红，没有任何前奏，互相冲了过去。大黑魔抓着一个干枯的大树枝，用最难听的声音吼叫着冲了过来。

阿尔巴特十个人人眼睛里充满了血丝，左右胳膊上的金银绸布和察勒玛金绳银绳，闪着金色银色的光，手里的弯刀好像全部挂上了霜一样，寒气逼人。

双方厮打在了一起，不知打了多久。

速不台大声说："咱们不能这样打下去，太耗费体力了。咱们用察勒玛银绳套住大黑魔手里的棒子。欧恒其列，敲打萨满鼓。"

随着鼓声响起，速不台一把套住了大黑魔手里的棒子。

旁边的察合台和哲别合力一拽，就把大黑魔手里的棒子拽了下来，大黑魔又不见了。

欧恒其列一直敲着萨满鼓，阿尔巴特们继续向西走，鼓声不断，金银绸布一直闪着光。

走了好长的路，又走到一个和刚才一样的山坡，大伙心想，黑东西又该出来了。果然不出所料，大黑魔在山坡上抓着一个巨大的钢叉，向他们冲了过来。

双方又厮打在一起。在打斗中，察合台喊道：“欧恒其列，敲打萨满鼓！”鼓声响起，察合台的察勒玛银绳就飞过去，套住了大黑魔的钢叉。和刚才一样，拽下了大黑魔手里的钢叉，大黑魔又不见了。

阿尔巴特们心想，如果仅仅是这样，大黑魔就好对付了，把金绳银绳拿好就行。他们继续向西走着，走了很长的路，走过了好几座山坡。

突然，走在最后面的欧恒其列惊慌地叫道：“不好了，那个大黑魔又追过来了！”

大伙回头一看，都看呆了，大黑魔肩膀上顶着十二个脑袋，左手的狼牙棒引着龙卷风，右手的狼牙棒引着闪电，飞奔而来。大伙心想，这次说什么也打不过它了。他们互相看着，说：“现在怎么办？怎么对付他？”

正在慌乱之时，隋和图说："大伙不要惊慌，我这里有一件吉鲁根大人给的法宝，他说旋风和闪电同时出现的时候，就可以拿出来用。"

说完，隋和图嘴里念着咒语，从怀里掏出了一把木头梳子，还开玩笑似地梳了梳自己的头发，扔向了十二个脑袋的大黑魔。欧恒其列使劲敲打着萨满鼓。梳子飞过去，被闪电击中，完全分解，又被龙卷风吸了过去，越变越多，变成了茂密的荆棘树林，包住了黑魔。荆棘刺一个一个全都扎在了大黑魔的身上。浑身被刺裹住的大黑魔动弹不得，痛得嗷嗷乱叫。

趁这个机会，阿尔巴特赶紧朝西狂奔，每一个人都开足马力，瞬间没了踪影。萨满鼓的鼓声一停，神梳就变回原形，飞回隋和图的怀里。大黑魔一头雾水，站在原地发愣。

这一次，阿尔巴特好像真的变成了神仙，双脚离地，飞了起来。飞了一段时间，飞过了昏天黑地，到了一个天空晴朗的地方，缓慢从天上落了下来。

一落地，阿鲁哈就告诉大家："第八天开始了。"

这个地方，东边巨石林立，山川起伏，西边是一片梧桐树林的峡谷。

速不台解释说："这个大黑魔叫阿达格尔。仰仗

‘长生天’保佑，各路神仙和萨满法力的相助，还有圣主成吉思汗的福泽庇佑，咱们才四次闯过了阿达格尔黑魔的昏黑地界。咱们蒙古谚语里不是说‘仇人会在你艰难爬坡的时候出现’吗？咱们可是和这个仇人在生死坡上大战了三次啊，真不容易！”

大伙都说：“这个大黑魔也太难对付了，打起来不知道累，真是一个难缠的对手！”

这个长着十二个脑袋的阿达格尔黑魔，来历可不寻常。

阿达格尔黑魔

阿达格尔黑魔

在远古时期的一个妖山里，有一条黑水河，发源于黑岩山的山洞，这个山洞里居住着一对鱼妖。

怀了孕的母妖临盆在即，夫妻二人满心欢喜，期待着新生命的降临。没想到新生命的降临，并没给他们带来多大的欢喜。

母鱼妖生出了一个黑黑的小东西，长得人不像人，鱼不像鱼，鬼不像鬼，张牙舞爪，大嘴巴，厚嘴唇，鼻孔朝天，铜铃大的眼睛，还时不时得发出阵阵的绿光。

他生长的速度快得惊人，每天都在长，还拥有强大的力量，个子变得越来越高，脑袋也大，奔跑的速度更是飞快。

他每天在黑水河里嬉戏游玩，肚子就像无底洞，不知道什么叫饱，每天要吃无数的鱼虾河鲜。没过多久，就长成了一个九尺高的大黑魔。

大黑魔把山脚下的神树连根挖了出来，作为了自己的兵器，然后腾空跳跃，练起了武艺。没过多久，大黑魔把妖山里十一个妖怪挨个打败，活吞到自己的肚子里，从那以后，他平添了十一个妖怪的功力。当他愤怒的时候，就会变成十二个脑袋的恐怖恶魔。

天长日久，功力猛进的大黑魔走遍了妖山的每一个角落，已经没有一点儿新鲜感了。妖山里面的生灵已被他吃得所剩无几，他决定走出去，找一个更辽阔、更好玩的地方。就这样，手持木棒的阿达格尔黑魔腾云驾雾，飞到了南瞻部洲。他从天空上看到，这个地方幅员辽阔，风景秀丽，就按下云头，飘落下来。

大黑魔来到南瞻部洲以后，给当地带来了巨大的灾难，所到之地不是刮起黑风南、飘起尘土，就是人和牲畜被活吞。

草原上很快就传遍了“十二个脑袋的阿达格尔黑魔活吞人和牲畜”的可怕消息。人们每天战战兢兢地祈祷，唯恐遭遇这个恐怖恶魔的侵害。

相传，乾达摩尼宝石是生命起始的宝石，是世间最原初和最珍贵的宝石，有着包罗天下万物的能量。钻石是八角形的，乾达摩尼宝石却是三角形的——三角形是世间最基本的形状。乾达摩尼宝石形成在三座山的中间，一座是金山（也就是阿拉坦山），一座是银山孟根山，一座是玉山哈斯山。

纳布达嘎老仙收到“长生天”的旨意，为建造大乾达摩尼山，召集了好多有修为的神圣，共同将萨满法力发扬光大，降服世间的妖魔鬼怪，为天神所用，日后一同阻止一场浩劫。

建造大乾达摩尼神山，必须先赋予大山高贵的生命，乾达摩尼宝石就是大乾达摩尼山的心脏。

这三座山的三个山神受命于众山之神纳布达嘎，他们每天修炼，为乾达摩尼宝石的生成立下了汗马功劳，所以纳布达嘎允许三位山神转世投胎，成为他的弟子，日后也必能修成金身正果。

三位山神投胎成三胞胎姐妹，到了一户草原部落首领的人家。

三胞胎姐妹的降临，给这户人家带来了无限的欢乐。草原上三胞胎是极少见的，人们都说，这三胞胎姐妹，是“长生天”赐予他们家的祥瑞。

大女儿叫阿拉坦苏布达，二女儿叫孟根苏布达，三女儿叫哈斯苏布达。

纳布塔嘎老仙让这三个闺女，在很小的时候就跟随自己在山里学习法术，潜心修炼，不问世事。

有一天，阿达格尔黑魔祸害百姓的消息传到了三姐妹那里，三人就去找师傅，请缨降魔。师父很痛快地答应了，还给了她们每个人一样法宝：一把梳子，一面铜镜和一把白玉权杖。

三人分别把法宝装好，下山回到了家里。

她们看见自家的十座蒙古包安详地坐落在夏营盘里，漫山遍野的牛羊马匹悠闲地吃着草，可是人们的脸上都挂满了愁容，生怕有一天会遭遇不测。

没过多久，阿达格尔黑魔真的来了。姐妹三个拿起师父给的法宝，骑上自己的坐骑，手持兵刃，与阿达格尔黑魔交战。

不知道打了多少回合，三姐妹的体力有所不支，黑魔却越战越勇，还长出了十二个脑袋，手里的棒子也分为两节，双手各拿一只，一只引着闪电，一只引着龙卷风，变得无比强大。

大姐觉得不能再这样战下去，就按照师父的嘱咐，掏出怀里的梳子，向黑魔扔了过去。梳子瞬间变成荆棘，把黑魔层层包起来，让它动弹不得。

二姐孟根苏布达拿出师傅给的铜镜，扔向了黑魔。铜镜变成了一个深不见底的水井，井里喷出汹涌的海水，把阿达格尔黑魔卷入了大海。

三妹哈斯苏布达把师傅给的白玉权杖扔了过去。白玉权杖变成了一座玉山，把大黑魔压在了山底。

一年以后，三姐妹发现玉山裂了一个缝，一直有石头滚下山来，而且裂缝越来越大。

震开玉山的阿达格尔黑魔与前来察看的三姐妹打得天昏地暗。正在这个时候，三姐妹看见，天上有一匹马飞了过来，马背上是一位身穿金盔金甲、佩戴金鞘宝剑、手持亮银枪的英雄少年。他挥舞着亮银枪，帮着三姐妹与阿达格尔黑魔打斗起来。

这个少年名叫古宁乌兰巴特尔，经过三个纪元才长大成人，他的母亲宝迪就给他取名为“三岁古宁乌兰巴特尔”。

他的母亲宝迪是一位在古代圣山里修炼成熟并且功德圆满的神兽，幻化成人形以后，依然潜心修炼，每天获取日月精华，在一股白光的照耀下受孕，之后诞下灵儿古宁乌兰巴特尔。

有一天，宝迪夫人收到了上天的旨意：“阿达格尔黑魔修炼魔道，冲出妖山，正在祸害南瞻部洲。现在派三岁古宁乌兰巴特尔下山降魔，成功之日，封宝迪神兽为众水之神夏布达嘎。”

宝迪夫人领了上天的旨意，叫来儿子说：“十二个脑袋的阿达格尔黑魔修炼魔道，冲出了妖山，现在正在祸害南瞻部洲，你要依照上天的旨意，下山降魔！”

就这样，古宁乌兰巴特尔遵循上天的旨意和母亲的教诲，飞到了南瞻部洲。

三位姑娘看见有英雄前来相助，正好拉住战马，在一旁休息观战。

打了九天九夜，阿达格尔黑魔的体力有些不支。

古宁乌兰巴特尔用亮银枪扎到了黑魔的大黑头，车轮大的头一下子变小了两圈，变得和铁锅一样大小。再用亮银枪去扎另外十一个脑袋的时候，脑袋全部都消失了，九尺高的个子也缩小成了六尺。

古宁乌兰巴特尔抽出宝剑，正要手起刀落的时候，天空传来一声鹤鸣，一个穿着羊皮长袍、骨骼清瘦的白胡子老头坐在仙鹤上:“古宁乌兰巴特尔，莫伤其性命！”

来人正是三姐妹的师傅纳布塔嘎老仙。

三位姐妹急忙跪下行礼：“拜见师父！”

古宁乌兰巴特尔问：“老神仙有何指教？”

纳布塔嘎老仙回答：“我拿他有用。”说完，从怀里掏出一个银马嚼子，扔了下去，正好套住了阿达格尔黑魔的大黑头。老神仙骑着仙鹤飞走了，黑魔就像被牵引的马一样，跟着老神仙狂奔。

草原上传开了三姐妹和古宁乌兰巴特尔降魔的喜讯，三姐妹的父亲带着女儿和古宁乌兰巴特尔，在草原上召开盛大的那达慕大会，庆祝战胜阿达格尔黑魔。

阿达格尔黑魔被老神仙带到昏天黑地，把他困起来，让他被动地守护大乾达摩尼山。

道法解毒

蒙古大军由很多民族的人组成，大军里有蒙古族人、女真人、色目人、宋人、朝鲜人等。吉鲁根巴特尔知道，宋人兵营里有不少宋人道士参军，就直接策马奔向宋人兵勇居多的营帐。

看见吉鲁根大人来访，兵营的千户长前来接迎："参见吉鲁根那颜！"

吉鲁根巴特尔说："免礼。我想见一见你们营中道士出身的宋人兵勇。"

千户长为难地说："跟随我们蒙古大军的宋人兵勇早就和蒙古人无异了，穿戴甲胄都一样。我现在真看不出哪个是宋人兵勇，更猜不出哪个是道士出身了。"

吉鲁根巴特尔说："这个简单，你只要认识一个宋人兵勇，就能找到其他的。你赶紧去叫一个宋人兵勇过来。”

千户长着急忙慌地叫一个宋人兵勇前来面见吉鲁根巴特尔。

吉鲁根巴特尔看见宋人兵勇紧张的神情，故意将语气放缓：“不要紧张，我现在急需见到咱们军中道士出身的宋人兵勇。”

宋人兵勇急忙跪地哀求：“吉鲁根那颜，我们追随圣主多年，南征北战，从无怨言，深受圣主恩德，家中妻儿老小安居乐业，感激涕零。我们早已不是宋人，可不能这样区别对待呀！”接下来吉鲁根巴特尔问什么问题，他都答非所问。

无奈，吉鲁根巴特尔对千户长说：“集合全营军士！”

千户长集合了全营军士。吉鲁根巴特尔站在高台上，庄重地说：“众位士兵们，我知道你们当中有道士出身的兵勇，就是不知道是谁。我今天有要事，需要你们当中道士出身的兵勇相助。希望道士出身的兵勇马上出来与我见面！”

兵勇们见吉鲁根巴特尔的态度十分诚恳，都互相张望着，意思是说：“赶紧出来吧！”

这个时候，从众多兵勇当中走出了两个年纪大一点儿的兵勇，他们走到吉鲁根巴特尔跟前，取下了兵盔。

二人都是道士的发髻，一黑一白的长胡须，一股仙风道骨的模样。二人向吉鲁根巴特尔行道士礼。

吉鲁根巴特尔看见他俩，高兴地笑了，他俩正是那天他在水潭边演奏口弦琴时，在水波里显现出来的两个道士。他朝着其他的兵卒大声说："大伙都散了吧！"

吉鲁根巴特尔从高台上下来，走到二人中间，双手搂着二位道士说："走，到营帐里，我把事情的前因后果告诉你俩。"

到了营帐里，吉鲁根巴特尔把黑蛇精的鬼魂和圣主成吉思汗中毒、需要解毒之事，一五一十告诉了二位道士。

二位道士听明白后，起身说道："我们要先回到兵营取来所需的物品，请吉鲁根那颜稍候。"

二人回到兵营，穿上了道袍，佩戴上宝剑，手拿浮尘，来到吉鲁根巴特尔面前，又一次行了道士礼。吉鲁根巴特尔立马带着二位道士来到了金顶大帐。

心急如焚的孛斡尔出、者勒蔑等都跑到马桩前迎接吉鲁根巴特尔。

吉鲁根巴特尔高兴地说："咱们有办法帮助大汗了！"听到这句话，等待的人们长出一口气，安下心来。

二位道士右手各挎一个捎马子，到成吉思汗面前，先行道士礼，再跪拜行礼。

成吉思汗的身体好像很不舒服，侧卧在床榻上，向二位道士点了点头。

成吉思汗与长春真人邱处机来往颇深，平时很喜欢也很了解道术，所以猜出了二人的来意。

吉鲁根巴特尔上前，说明请来道士的意图，成吉思汗点头应允。

吉鲁根巴特尔对二位道士讲："现在都交给你们二位了！"

二位道士走到了成吉思汗面前，从捎马子里取出一条金光闪闪的金项链，戴在成吉思汗的脖子上。

金项链和佛珠一样，有一百零八颗金珠。

与佛珠不同的是，这个金项链是由天罡三十六神将大金珠和地煞七十二仙将小金珠组成，有降妖除魔的法力。

成吉思汗带上天罡地煞金项链以后，顿时感觉到大帐里明亮了许多，阴沉的黑气好像突然没有了。

另一个道士从捎马子里取出一个白玉香炉，在白玉香炉里点着了熏香，让成吉思汗闻。这时，成吉思汗的鼻孔里，隐约有黑气向外冒出。

二位道士急忙说："快把羊尾巴肥油切成片拿过来！"士兵们跑去，从厨房拿来了羊尾巴肥油。

二位道士将切成片的羊尾巴肥油，一片一片送到成吉思汗鼻孔边，羊尾巴肥油被呼出来的鼻气熏黑了。

连续用了三片羊尾巴肥油。到了第四片的时候，羊尾巴肥油不再变黑了。

白胡子道士："大帐之内的毒气已全部祛除，大汗体内大部分蛇毒也祛除了。把这三片羊尾巴肥油放入火中烧了吧。"

兵士们过来，把这三片发黑的羊肥油拿出去，走出去很远，堆了三块大石头，点火烧掉了。

成吉思汗感到神清气爽，坐在宝座上，高兴地赏赐了二位道士一车金银珠宝。

没过多久，兵士们就推来一辆装满金银珠宝的勒勒车。

二位道士看见眼花缭乱的财宝，神情激动地跪地叩谢："大汗，我们这些宋人兵勇跟随大汗南征北战多年，受到大汗的恩惠多年。以前在宋朝兵营的时候，我们总是被上级将领欺负和盘剥。自打进入大蒙古国的军队以后，被军队的士气所鼓舞，英勇战斗，与大家一样分享战利品。我们现在已不再是穷人，我们的家人都在草原上过着安稳富裕的生活。现在，我们都已成为蒙古人的一员。我们两个代表军营里所有的宋人兵勇，跪谢大汗的恩德！”说完二人磕头谢恩。

吉鲁根巴特尔说：“大汗和我都知道，你们作战勇猛，是大蒙古国的功臣。现在不要迟疑，及早为晚上的事做好准备。”

两位道士拜谢了大汗的赏赐，把事情的玄机告诉了吉鲁根巴特尔。晚饭过后，二位道士又安排成吉思汗就寝。

诅咒老太

诅咒森林

阿尔巴特继续赶路。眼看天就黑了下来，他们来到了一片昏暗的森林里。大伙都累了，围成一圈，拿出了食物和马奶吃喝起来。

本来想吃完饭就睡觉，不知怎么回事，怎么躺都觉得不得劲儿，累得都快散架了，就是睡不着。时不时会有一阵阴风吹来，呼呼作响，让人更加不舒服。黑色的森林里，阴风阵阵，树枝在不停地摇曳。月光照耀下，整个森林让人不寒而栗。

察合台的眼神最好，看到远处来了一个人，就小声地告诉大家：“看那边，好像有一个人朝这儿来了，不知是什么人。大伙都不要出声，见机行事。”

来人是一个瞎老太太，拄着一根干树枝拐杖，慢慢向他们靠近。老太太走着走着，突然被一块石头绊倒，摔了一跤。她爬起来，开口咒骂绊倒她的石头，石头顿时变成了粉末。

又走了几步，老太太的衣角被树枝挂了一下。她回头就骂树枝，树枝马上起火，瞬间化为灰烬。

正在大伙看得目瞪口呆的时候，一只兔子从树洞里蹦出来，飞速从老太太旁边跑过，把老太太吓了一跳。

老太太骂道："你快死吧！你还活着干什么呀？"

兔子立马就死在了原地。

老太太接着说："快点，烧起火，把自己的皮剥了，烤熟了让我吃！"

躺在地上的兔子立刻跳起来，划拉了一堆木柴，木柴自燃起来，兔子像脱衣服一样，剥了自己的皮，跳进了火里。

看到眼前不可思议的情景，阿尔巴特十个人都倒吸了好几口凉气。他们想起阿力马思、铜盆头女鬼、阿达格尔黑魔，再厉害也有出手的机会，可遇到这个诅咒老太太，连个出手的机会都没有。巨大的恐惧感，笼罩在他们的心上。

没办法，谁也没办法，遇到这个诅咒老太太，只能等死，没有任何机会。

老太太吃完兔子，用袖子擦了擦嘴，慢慢站起来，拄着拐杖，直直地向他们走来。

她一边走一边哈哈大笑。老女人尖尖的笑声，在阴森的诅咒森林里飘荡。

大伙吓得汗毛都立了起来，谁都不敢出声，连个大气都不敢喘。

他们心想，幸亏是个瞎老太太，要是能看见他们，他们早就一命呜呼了。

趁着诅咒老太的笑声，察合台悄悄把靴子脱了，站了起来，诅咒老太正好从离他不远的地方走过。

察合台偷偷走到了诅咒老太身后，慢慢跟上，越走越近。大伙想制止察合台，但都不敢出声，真是叫心急如焚。

察合台大喊一声："嗨！"然后他蹦了起来，左手狠狠拍在诅咒老太的左肩上，右手拿出一把萨满宝镜，镜面对准了诅咒老太。

趴在地上的九个人没有时间考虑危不危险了，保护皇子才是目前最主要的事情。九个人迅速爬起，抽出弯刀，冲向诅咒老太。

老太太愤怒地回过头来，诅咒察合台，但是察合台手上的萨满铜镜把诅咒老太的诅咒反射到了诅咒老太自己身上。诅咒老太想喊，可喊不出来。她低下头挠头，无法再诅咒了，她已经变成了哑巴。

这时，第一个跑过来的速不举起弯刀，朝诅咒老太的头上砍去，没想到被诅咒老太用手里的木头拐杖轻轻一挡，弯刀被震飞了好远。速不台顿时感觉手心发麻，虎口崩裂，鲜血涌出。

诅咒老太虽然是瞎子，但是他们人走到了哪儿，兵器从哪里过来，都听得一清二楚。

他们双手紧握弯刀，与手拿木头拐杖的诅咒老太打了起来。他们迅速落入下风，边打边逃，虽然不是诅咒老太的对手。欧恒其列及时敲起了萨满鼓，鼓声妨碍了诅咒老太的听力，再加上萨满鼓给阿尔巴特十人注入了力量，他们才勉强全身而退，与诅咒老太形成了对峙之势。

等大伙跑到一边，察合台口念萨满咒语，把手里的萨满铜镜，扔向了诅咒老太。比阿达格尔黑魔还凶猛无比的诅咒老太，掉进了萨满宝镜里。萨满宝镜变成了一口深不见底的漫水井，诅咒老太在井里不停地扑腾。

欧恒其列敲打着萨满鼓，左右胳膊上的金银绸带闪闪发亮，每一个人都轻飘飘地飞了起来。飞了好远，萨满宝镜又飞回到了察合台怀里。

诅咒老太

这个诅咒老太，原本是一个富户人家的下人，生来就是哑巴，从小被人欺负，但是她的心地很善良。

她的名字叫含西，这是蒙古语的音译，意思是“寒食”的意思。她是寒食节那天生的，所以取名含西。

含西在这个富户人家干了一辈子。她长得不好看，又是哑巴，所以没有男人要她，一直到五十岁，还是孤身一人。

有一天，含西背着筐，在草原上捡烧火用的干牛粪。草原上的空气非常清新，一望无际的草原就像绿色的地毯铺地，上面还点缀着各色各样的鲜花，一条小河在草原上缓缓流淌。走累了的含西，趴在小河边，直接用嘴吸着清凌凌的河水。她喝饱了，张开双臂，躺在草地上，蓝蓝的天上。雄鹰在盘旋，雪白的云朵，变换着各种各样的形状。看着看着，她就睡着了。不一会儿工夫，一只折了翼的小乌鸦把她从睡梦中啄醒。看到眼前这可怜的小东西，她动了恻隐之心，把它轻轻捧在手上。

她挖了几味草药，在嘴里嚼了嚼，敷到了小乌鸦的伤口上，又扯下自己袍子的一角，用布条包扎好后，小心翼翼把小乌鸦揣进了怀里。

从那以后，她每天从自己的口粮里节省出粮食喂养小乌鸦。有的时候，还悄悄偷来主人家的奶酪和新鲜的羊肉给小乌鸦吃。没过多久，小乌鸦的伤就痊愈了，可以展翅高飞了。

含西看着天空中自由翱翔的鸟儿们，若有所思地看着手里的小乌鸦，心里虽有万般的舍不得，还是决定放飞小乌鸦，让它获得自由。

这一天，出去捡牛粪的时候，含西带着小乌鸦，走到后山的树林里。她双手捧着小乌鸦，使劲抛了出去。小乌鸦在天空盘旋了几圈，飞向了远方。

含西眼含泪水，看着小乌鸦越飞越远，渐渐地变成一个小黑点，最后消失在天空中。

到了晚上，含西干完一天的工作，回到她居住的蒙古包时，隐约看见小乌鸦就落在拴马桩上。

小乌鸦飞过来，落在她的掌心上。含西高兴得热泪盈眶。从那以后，小乌鸦再也没有离开过含西。

小乌鸦每天从外面的树林里，摘下各种各样的果子，用嘴叼过来给含西吃，含西也时不时地偷一点儿奶酪或者羊肉喂小乌鸦。天长日久，小乌鸦成了含西最好的伙伴，也是她唯一的伙伴。不管白天怎么受人欺负或被主人责骂，到了晚上，一看到小乌鸦，她的心情马上就能好许多。

有一天晚上，小乌鸦叼来了一串樱桃一样的果子。这串果子有七颗，好像萤火虫一样，在黑夜里发着蓝色的光。七星果好像点了蓝光的蜡烛照亮了黑黑的蒙古包。含西被小乌鸦翅膀的扑腾声吵醒，还以为是天快亮了，仔细一看，小乌鸦喙里啄着的一串发光的果子，她正有点儿口渴，什么也没管，拿过来就吃了。那味道真是鲜美，是一种从来没有过的甘甜。吃完后，含西觉得身体也特别舒服，呼吸无比的舒畅，伸了一下懒腰继续进入了梦乡。

第二天，为了感谢小乌鸦，她干活的时候，从主人家的仓库里，偷了好多奶酪和羊肉，揣进了怀里。这时，和往常一样，主人要外出，推门从屋里走出来，大摇大摆走到拴马桩前。含西马上跑过去，跪在马的左边，双手手指并拢，掌心朝上，主人的靴子一踩上去，双手使劲向上一抬，主人就上马了。

可是前面的动作含西都做对了，就是最后这一使劲，把主人抛出一丈多高，主人狠狠摔下来，晕了过去，马也惊得跑了。

含西惶恐地等主人醒来，暗自害怕，不知道会有什么样的灭顶之灾降临到她头上。

果然，主人醒来后，暴跳如雷，叫来十几个魁梧的家丁殴打含西。含西被打得满地翻滚，怀里的奶酪和羊肉掉了出来。含西又多了一项偷东西的罪名，十几个家丁打得更狠了。

含西也被打得血肉模糊，断了气。家丁们就用牛皮把她包起来，驮在马背上，运到后山，扔进了山沟。

到了晚上，小乌鸦飞回来找含西，却没有人影，心里不安的小乌鸦“呱呱”叫着，到处找它的主人。

当小乌鸦飞到含西放飞它的后山时，发现山沟里一群野狼正在慢慢靠近一张铺开了的牛皮。牛皮上躺着一个人，小乌鸦仔细一看，正是含西。

急坏的小乌鸦飞过来，与头狼打了起来，没两下，就啄瞎了头狼的一只眼睛。

头狼扭头就跑，狼群也跟着跑走了。

小乌鸦坐在含西的额头上，伤心地呱呱乱叫。悲惨的叫声，在幽静的树林里回荡了一夜。

小乌鸦的眼泪变成了血泪，滴到了含西嘴里。含西慢慢苏醒过来，小乌鸦停止了哭泣，瘫倒在含西身边。

因为吃了小乌鸦叼过来的七巧七星果，含西的身体早已不是凡人的身体了。

七巧七星果的形成非常奇特。山顶上的七颗果树，在机缘巧合下，顺应七七天数，各有一根青藤伸出来，长到了一起。七颗果树的位置，正好形成了北斗七星状。每晚面朝北斗七星，吸取精华，北斗七星一直在移动，移动一周的轨迹会形成一个“卐”字。七棵树也跟着移动，七棵树的位置和七颗星一样，移动一周的轨迹也会形成一个“卐”字。

七百年后，七颗果树各有一个树枝，以“卐”字为中心，紧紧地抱在一起。从“卐”字的中央，长出了一根青藤。又过了七百年，在青藤上开了七朵小花。再过七百年，七朵小花结果。七百年后，果实成熟。刚刚成熟的仙果，在夜里闪着蓝色仙光。

人间有如此仙果，竟然天地不知，神鬼不觉。

小乌鸦的窝就在这青藤旁边，刚刚成熟的七巧七星果被小乌鸦看见，它用喙叼了起来。当果和树分离的时候，山顶上的七棵果树瞬间雾化成七道光线，不见了踪影。小乌鸦叼着这一串果子，飞进了含西的屋子里。

从那以后，含西平添七条命，不管被打成什么样子，到时候自然会醒过来。再加上舌头上点了一滴小乌鸦伤心的血泪，又增加了一项新的本领，但是她自己还不知道。

含西坐在原地，坐了好久，她还是决定回去。

她自打懂事开始，就给这个富户家干活。她实在想不到还能去哪里，也不可能去别的地方。

含西站了起来，把守候在她身旁的小乌鸦揣进怀里。小乌鸦从含西的怀里探出了头，高兴地看着她。她在周围找了半天，找到了一根被风雨洗刷得很光滑的老树根。老树根一头分叉，一头很直，比她高一头，她拿起来的时候觉得有分量，很结实。含西拄着这根老树根，一瘸一拐地走向了富户家。

这时候，天还没有亮，东方只泛起了一点鱼肚白，含西走到富户家的时候，早起忙碌的人们看见满脸是血、蓬头垢面的含西，吓得到处跑，喊着："肯定是鬼！含西变成鬼来了！"

有胆大的走过来，仔细端量后大声说："真的是含西，她还没有死，不是鬼。"示意大家不要害怕。

含西说：“大家不要怕，我没有死，我还活着。”

大伙都纳闷，五十年的哑巴怎么会说话了。主人被吵醒，披着一张鹿皮的被子，从蒙古包里探出身，被两个侍女搀扶着走了过来。大伙都跪地行礼。

含西也随大家一起跪地行礼：“老爷，昨天是我错了，您原谅我吧。我会努力干活，弥补我的过失。”

主人惊讶地说：“好奇怪呀，你竟然会说话了！以后要是传开，本老爷会治哑巴病，那会有多好笑。”大伙都哄堂大笑。主人说，“好吧，回来还是干你以前的活吧。”

含西说：“多谢老爷！”

从那以后，含西还是和以前一样，小心翼翼地干活。

她发现自己渐渐变得力大无穷。

每天，她都能碰到那些打过他的打手们。有一天，她看见那个用木棒打断她腿的壮汉打手正在上马。

她嘴里小声地骂道：“快摔下来吧！摔断腿吧！”

没想到那个壮汉真的从马上摔下来，把腿摔断了。她也没怎么在意，觉得只是巧合或者是报应。

但是，她慢慢地发现，自己变得真的与众不同。首先她听懂了小乌鸦的话，也听懂了牛羊马匹的话。

她每天晚上都会悄悄出去，到小树林里和小乌鸦聊天，没想到小乌鸦比她见多识广多了，每天都和她说一些她不曾听到过的趣闻。

随着本领的增强，她的脾气也开始越来越大。慢慢地，她已经不是那个骂不还口、打不还手、老实本分的含西了。

其实，在生活中会有各种各样的人，有些人没本事很老实，有些人没本事很嚣张，有些人有本事很嚣张，有些人有本事很老实。没本事的老实人只能选择老实，那样才能保证他安全平稳地生活。可是假如有一天，机缘巧合，没本事的老实人一夜暴富，或者他家有个亲戚当了大官，或者他中了大彩，这个老实人估计也会慢慢地变得有棱有角。

含西就属于这一类人，当她发现自己在机缘巧合下变得无比强大的时候，她终于按捺不住了。

这时候，她已经不怎么用心干活了。

这一天，她提着水桶，到河边挑了两个半桶水，慢悠悠地往回走。管家的弟弟刚好迎面走来，冲她喊道："你快点呀！老爷还等着喝茶呢。"他看到两个桶里的半桶水，骂道："你个臭哑巴，怎么才挑这么一点水？"

这句话立刻激怒了含西，自打会说话以后，她最忌讳别人说她是哑巴了，便生气地说："你再说一句我是臭哑巴，信不信我一棒子打死你？"

管家的弟弟也来气了，正要抬手打含西，没想到被含西一棒子打得瘫软在地上。

这时有人大喊："含西打人了！含西把管家的弟弟给打了！"

管家听到后，带着好多人跑了过来。一看自己的弟弟被打得断了气，怒火冲天，拿起一根打马棒冲了过来。

含西站在原地，用木棒子打飞了管家手里的打马棒。飞出去的打马棒，正好打在旁边一个打手的头上，顿时血流如注。她又用自己的木棒把管家当场打死，又朝着站得老远的两个打手骂："你快头痛死吧！你快肚子疼死吧！"两个打手当时疼痛而死。

这下可炸了锅了。主人也跑了过来，原本是来教训含西的，刚好看到含西一棒子打死两个，一张口骂死两个，吓得他腿都软了。

从那以后，含西就变成了这家的主人，挨个打骂原来的主人和下人们，报复以前的仇。

人们受尽欺负，想反抗又害怕，尤其是原来的主人，从高高在上的主人变成了受人使唤的下人，更是度日如年。

有一天晚上，原来的主人悄悄地跑了，值夜的家丁装作没看见。第二天早晨，含西发现原来的主人跑了，暴跳如雷，处罚了值夜的家丁。

又过了一段时间，有一天早晨，原来的主人回来了，旁边还跟着两个穿戴萨满服饰的人。

这时含西懒洋洋从大帐里走了出来，旁边还有两个丫鬟服侍着。一个丫鬟拿着木棒，上面还坐着小乌鸦；另一个丫鬟端着一个木头盘子，上面是切好的生肉，小乌鸦正美美地享用着早餐。

含西看见原来的主人站在她的面前，正要破口大骂，旁边响起了萨满鼓声，破解了她的法力。

另一个萨满从怀里掏出一个骆驼的肩胛骨，拍了过去，打到含西的头上，打得她头晕目眩，瘫倒在地。小乌鸦一看不妙，飞到了天空上，远远望着他们。

被含西欺负的敢怒不敢言的人们一哄而上，围着含西就打。这下可算出了气，他们把含西打得血肉模糊，确定死亡之后，用牛皮包起来，扔到了后山沟里。

原来的主人大摆宴席，感谢二位萨满。下人们也庆幸这个女魔头，终于得到了惩罚。

深夜，山沟里野风呼啸，树枝摆动，月光照在含西的脸上，小乌鸦在旁边“呱呱”地叫着。

含西睁开了眼睛，问小乌鸦怎么回事。小乌鸦把经过都告诉了她。

含西恨不得马上过去把他们全部打死，但又惧怕萨满的法力。

小乌鸦说：“你的舌头如果能变成黑色，你的法力就会增进，那些萨满也会拿你没办法的。”

含西立刻精神起来，问：“那怎么才能让舌头变黑呢？”

小乌鸦说：“我知道远处有一条山脉，高高的山顶长年被雪覆盖。山里有一座小山峰，被众山峰围在中间，峰顶上的雪是黑色的。因为地势险峻，没人知道，只有我们鸟类从旁边飞过的时候，能看见一点儿。听人说，那是一座被诅咒了的山峰，山下面困着一只世界上最恐怖的邪灵。好几个纪元之前，天神把他困在山底下。由于邪灵的邪气太重，整个山的雪都被邪气染黑了。天神怕他的邪气传到外界，就用自己的白银战盔盖住了邪灵雪山，汹涌的邪气被白银战盔吸收。如果你能吃一口白银战盔里的黑雪，也许对你有帮助。你一定要记住，只能吃一口。”

听了小乌鸦的话，他们立刻起程，朝邪灵雪山的方向走去。走了将近一个月，终于到了。

她手里的树根拐杖用得非常顺手，一是可以让小乌鸦坐在树杈上；二是这个老树根非常坚硬，可以当兵器用。

到了山脚下，小乌鸦飞得很高，从高处观察着含西。含西没怎么费劲，就翻过了大山，走到了山谷里。

她走到一片开阔地，仰起头，看到中间的山峰处，黑雪皑皑，刮着黑色的暴风雪，真是壮美无比。

这回爬山可没那么轻松了，地心引力好像增加了好多倍，如果是凡人，恐怕一步也无法前进。鸟类想从上面飞过去，也会被这强大的引力吸过去，狠狠地摔地而死。

当年天神与雪域邪灵决斗，打败了雪域邪灵，把他禁锢在这里。如果邪灵再次逃出雪山，连天神都不会是他的对手，所以天神建造了大乾达摩尼山，然后投胎转世，在人世间经历磨难，再回归天庭，才能吸收打败雪域邪灵的力量。

含西一步一步艰难地爬着，累得满头大汗，靴底子都磨破了，粗糙的脸被暴风雪刮得红彤彤的，鼻涕流得用袖子都擦不过来。爬到山顶的时候，两条腿在不停地颤抖。她闭上眼睛，深吸了一口气，睁开眼睛，看到满地晶莹剔透的黑色雪花时，她终于露出了欣慰的笑容。

山顶的正中央是一块牛一样大的黑色岩石，岩石上面是天神扣放着的白银战盔。战盔上是一个枪尖，下面飘着红缨。战盔的里面，是泥巴一样浑浊的黑色雪泥，含西激动地把手伸进战盔里，掏出一把黑雪泥，塞进嘴里，一股力量突然涌入她的身体，让她觉得无比舒服。含西没有听小乌鸦的话，又从白银战盔里掏出一把黑雪吃了。

这时又一股力量冲入她的体内，这下她的身体无法承受了。她的眼睛开始发红光，嘴、鼻孔、耳朵眼都冒出黑气，身体不听使唤，口渴难耐。她心里清楚，不能吃这黑雪解渴，她决定从山上滚下去。可她已经什么都看不见了，只能凭着记忆向山下滚去，然后再爬到外围的雪山上，吃雪解渴。

向下滚的时候，他有时会被树枝卡住，有时会狠狠撞在大岩石上，等她滚到山下时，已经面目全非了。

她嘴里喊着："小乌鸦！小乌鸦！"小乌鸦冒着生命危险，从远处飞过来，两只爪子还抓着一大块雪块，送到了她嘴里。含西吃了雪块，在小乌鸦的指引下爬到了大雪山处。

含西不知道吃了多少雪，她体内的燥热才平息下来。她四肢伸直，瘫倒在厚厚的雪层上，感觉到凉爽无比。雪层被她体内的热度慢慢融化，她的整个身体都陷进了雪层里。没过多久，她又感觉到寒冷异常，一个猛子蹦起来，向前跑，结结实实撞到了崖壁上，后面的雪层上留下了一个"大"字形状。

她就像没头的苍蝇，到处走，到处碰壁。她被石头绊倒便骂石头，石头变成粉末；则被大树挡住骂大树，大树瞬间燃烧变成灰烬。听到远处嚎叫的野狼，她骂野狼，野狼顿时毙命。

折腾了几天，一半的山都快被她骂没了，此时她已经是一个极度危险的恶魔了。

蓝仙鹤收到上天的旨意，怕她危害人间，指引她到一个妥当的地方。此时她已经无处可去，只能随着蓝仙鹤的鸣叫声，到了现在的诅咒森林，成为看守大乾达摩尼山的守护神之一了。

古宁乌兰巴特尔

进入仙境

阿尔巴特十个人飞到了一个蓝天白云的地方，双脚慢慢着了地。

这里小溪潺潺，遍地鲜花，绿树成荫，真可谓是风景如画，美不胜收。

阿鲁哈提醒：“第九天开始了。”

这时候，阿尔巴特已是筋疲力尽，看到这个地方风景秀丽，断定是安全的地方，没有顾虑的他们四仰八叉倒头就睡了。

这一觉睡得特别香。欧恒其列和隋和图肚子饿得受不了了，提前醒来，掏出自己的皮囊，拿出干肉和奶酪吃了起来。他俩吃喝的声音特别大，大伙都被吵醒了。看着他俩的这幅吃相，大伙不免想笑，又觉得可爱，一样吃了起来。

吃饱喝足后，两只仙鹤又出现在前面，给他们带路，一直朝西飞。走了一段时间，到了一个茂密的林子里。在林子的中段，有一株结满红色果实的树。

出发前，吉鲁根巴特尔就说过，遇到红色果实可以吃，大伙一点儿也没迟疑，围住果树，饱食了汁多味美的红色果实。

这个果子非常美味，不但解渴，而且止饿。天空上蓝天白云，两只蓝仙鹤在天上带路；地面风和日丽，路两边的景色非常怡人。

草地上开满了各种颜色的花朵，蜜蜂在花朵上采蜜，蝴蝶在周围飞舞，树上也结满了大小不一、各种颜色的果子，似有已入仙境的感觉。时不时地出现几只梅花鹿、黄羊和兔子，雪豹在远处山丘上出没，水獭游到了湖边探出了头，凤凰从天上飞过，孔雀站在彩虹上，开着屏看着他们。

阿尔巴特走着走着，听到了一股非常急促的水流声。他们穿过树林，眼前出现了一个巨大的瀑布，后面是一个山洞。

他们踩着崖壁，绕开瀑布，走进了山洞。这个山洞非常大，出口就在不远处，走过去一看，是一个非常深的峡谷，下面有一条滚滚奔流的大河，对面也是一个差不多大的山洞。两个山洞相隔百步，中间虽然有一座桥，但是已经断了。

他们想把察勒玛金绳和察勒玛银绳连起来，扔到对岸，套住一个固定的物体，顺着绳子爬过去。没想试了半天，都无济于事，没有可套住的东西，就算套住了，也吃不住劲，一拉就开了。

哲别用刀削了一根笔直的树枝，大拇指一样粗，三尺长，用弯刀削尖了上半部，在树枝前端用皮绳固定了一块拳头大小的石头。他用精湛的射术，把这根树枝朝天射了过去。树枝带着一点弧度，落向对面的断桥木板，从两个木板缝里扎了进去。大伙都欢呼，赞叹哲别的射术超群。

巴图胡亚嘎再把察勒玛银绳精准地套了过去，大伙又试了一下，看能不能承受一个人的重量时，使劲一拉，没想到树枝没吃住劲，脱口了。

满怀信心的他们，心情低落到了谷底，看来没办法跨过这座断桥了。

这时候，对面的山洞里出来了一个浑身金盔金甲，腰系蓝色腰带，手持亮银枪，骑着一匹高大的黑色风神战马的俊俏小伙子："嗨，我是看守大乾达摩尼山的守护神，上个纪元的三岁古宁乌兰巴特尔，你们是什么人？"

听他报上姓名是三岁古宁乌兰巴特尔，上个纪元的皇帝，察合台朝着古宁乌兰巴特尔右膝点地行礼，其余九人也跟着一样行礼。

察合台高声说："我是成吉思汗的次子察合台。因为我们的圣主成吉思汗突然贵体抱恙，朝中大臣、通天萨满占卜大师吉鲁根巴特尔，带领众萨满做法，寻求'长生天'的旨意，显现出'吉思汗不死，须喝圣水或永生'的字样，而且还占卜出了圣水的所在地。和取圣水的步骤，选出了以在下为首的阿尔巴特，来完成这项取圣水的任务。我们进入大乾达摩尼山后，通过了重重关卡，降服了各路妖魔鬼怪，走到了这个断桥。现在我们无法前进，跪求上个纪元的神佛皇帝古宁乌兰巴特尔，给予我们帮助！"

古宁乌兰巴特尔听罢，说："'长生天'有旨，你们的圣主成吉思汗与圣水有缘，我现在就助你们走过断桥。"古宁乌兰巴特尔伸手，送出手里的亮银枪，亮银枪到了空中，变成了十色彩虹，连接了断桥两头。古宁乌兰巴特尔示意阿尔巴特踩上彩虹桥走过来。

阿尔巴特一开始有点儿心虚，但是想到他们都是在两个大鹅卵石中间空踩成功的幸运儿，是符合"长生天"要求的天命所归的人，就由察合台为首，走上透明的彩虹桥。

古宁乌兰巴特尔又说："你们十个人分别代表一种颜色，幸亏十个人都在。如果少了一个人，彩虹桥就无法出现，你们就过不去这断桥了。"

十个人们屏住呼吸，走在彩虹上，脚下是透明的，看得见奔流的大河。有人脸上露着不太自然的笑容，有人欣赏着这再也不可能见到的美景，体会着这种奇妙的感觉。

慢慢地、一步一步走过了断桥，由于精神太过紧张，谁也没注意到，刚才的古宁乌兰巴特尔早已不知去向。

他们顺利走出了对面的山洞，走到了外面，看到两只蓝仙鹤，还在天空上带路，于是跟着仙鹤，走到了一个小山坡上，眼前浮现出雄伟的大乾达摩尼山。

大乾达摩尼山的峭壁上有好多山洞，每一个洞口都闪烁着五颜六色的光芒，里面应该有无数的奇珍异宝。

察合台说："我们现在已经进入仙境，不会有任何危险了。大伙把察勒玛金绳收起来，按照之前的顺序，紧跟着前面的人走就行了。"

阿尔巴特进入一片树林，往前赶路的时候，走在最后面的欧恒其列被一个三四岁的小男孩挡住了。小男孩光着屁股，腰间缠了几张树叶当裙子。

欧恒其列见小男孩特别可爱，就笑着说："你是谁家的孩子？叫什么名字？怎么会在这里？”

小男孩回答：“我叫阿拉坦金童，是这个大山的孩子，我家离这里不远。”

欧恒其列说：“我们现在正在赶路，没时间和你聊天了。”说完就要从小男孩旁边走过，又被小男孩拦住了。欧恒其列从左边过，小男孩拦左边，欧其恒列从右边过，小男孩拦右边。

阿拉坦金童撒着娇说：“你别走，咱俩玩呗。”

后面的两个人发现欧恒其列没跟上来，就赶紧叫停了前面的人。

其隆巴图高声说：“你们看，有个光屁股小男孩拦住欧恒其列不让走呢。”

欧恒其列和小男孩手拉手，有说有笑，蹦蹦跳跳走过来了。

察合台问：“嗨！这是哪儿来的孩子呀？”

欧恒其列回答：“他说他是这个山的孩子，叫阿拉坦金童。”

大伙看这个小孩，两个水汪汪的大眼睛，纯洁无瑕，加上活蹦乱跳，特别可爱。他们想着男孩想和欧恒其列玩就玩吧，不耽误赶路就行。

走了一段路，快要到大乾达摩尼山山脚下的时候，阿拉坦金童对着欧恒其列说："咱俩去别处玩吧。我不去那里，山洞里有一个白胡子老头，总是想抓住我。"

欧恒其列说："我们就是为了去那个山洞而来的，我现在不能和你玩了。"说完松开了手。

阿拉坦金童说："我不去！我不去！"说着跑进了树林里。

阿尔巴特们爬上了大山，终于走到了此行的最终目的地——大乾达摩尼山洞。

阿尔巴特们激动地走进了山洞。没想到周围其他的山洞里各有各的宝贝，唯独大乾达摩尼山洞里面什么都没有。

正在大伙一头雾水的时候，从隔壁山洞里走来了一个拄着龙头拐杖、穿着羊皮长袍的白胡子老头。

察合台等十人跪地行礼，说明缘由，寻求帮助。

白胡子老头说："你们的圣主成吉思汗与圣水有缘，所以上天派你们来取圣水，还让我来相助。现在，我告诉你们里面的玄机吧。"说着走到山洞中央的一座石头椅子边上，用手指着说，"这上面有一个石头盒子，里面就是你们想要的圣水。你们现在看不见石头盒子，因为那个盒子镶嵌在石头椅子对面的这块石头里。"

察合台问："那怎么才能让那个石头盒子出现

呢？”

白胡子老头回答：“你们刚才见到的孩子叫阿拉坦金童，让他过来，坐到这把石头椅子上，椅子下沉，石头盒子就凸起来了。可惜那个孩子自己不会来的，而且谁也抓不住他，谁也抱不动他。要想取圣水，就得想一想办法，让那个孩子过来。”说完老神仙就不见了。

阿尔巴特急忙走出山洞，寻找刚才那个阿拉坦金童的踪迹。他们心里也在琢磨，直接过去，把那孩子带过来；实在不行，直接抱过来不就得了。

大伙走到刚才与金童相遇的树林里，看到金童还在原来的地方。

阿拉坦金童高兴地跑过来，拉着欧恒其列的手，说：“走，咱俩玩去！”

欧恒其列迎合着笑着说：“咱们去山洞里，坐在石头椅子上玩，好吗？”

阿拉坦金童噘着嘴说：“我不去，那里有白胡子老头。”

阿尔巴特十个人慢慢围住了三岁金童。阿拉坦金童好奇地看着每一个人，然后走到隋和图跟前，摸了摸隋和图的胡子，说：“你的胡子真难看！”

隋和图：“你都摸了我的胡子了，我可以抱一抱你吗？”阿拉坦金童点头表示同意，双手叉着腰站着。

隋和图心想：“我现在抱起这孩子，就往山洞跑，然后放到石头椅子上，等圣水出来，拿起就走。”

信心满满的隋和图，双手一使劲，小孩纹丝不动，隋和图脚下一个踉跄，差点儿倒地。他把浑身的力量都使出了，小孩还是一动不动，累得隋和图瘫倒在地，直喘粗气。

看见隋和图大人如此狼狈，铁木耳布赫特别好奇。

铁木耳布赫问：“这孩子有那么重吗？我一定能把他抱起来！”

他走到阿拉坦金童跟前，说：“我抱着你玩吧。”

阿拉坦金童高兴地说：“好啊好啊！”

铁木耳布赫心想，还是把他背起来，直接走到山洞得了。他走到阿拉坦金童前面，蹲下来，背对着他说：“我背着你走吧，你上来。”

阿拉坦金童双手搭在铁木耳布赫肩上，一只脚刚要离地，就压得铁木耳布赫跪倒在地。

阿拉坦金童：“你们太没意思了，不和你们玩了！”说完转身，从十个人中间穿了过去，又回头看见察合台，说，“你的盔甲和我哥哥的一样，你是什么人？”

位？”

阿拉坦金童回答：“我哥哥是三岁古宁乌兰巴特尔。”说完哼着小曲，蹦蹦跳跳地走了。

速不台提醒道：“这里是仙境，切记一切事情都不可动用武力。我们再去找那位老神仙，请他指点一下吧。这里没有任何危险，那个孩子不知道害怕，也没有任何戒备心，咱们也不要有过激的行为，免得吓着那个孩子。”

当他们走到大乾达摩尼山的洞口的时候，那个老神仙已经拄着拐，在洞口等待了。

察合台跪拜行礼，向老神仙求助。

老神仙说：“这个山里有一个宝迪神兽，你们去找她吧。向她说明来由，她肯定会帮你们的。”说完老神仙又不见了。

阿尔巴特按原路走到了刚才的树林，看见阿拉坦金童跑过来，拉着欧恒其列的手说：“我带你们去吃果子，你们跟着我来。”

阿拉坦金童带着大家，来到了一个长满红果的大树前：“这个红果，每人只能吃五个，必须坐在树杈上吃。吃完了，要把籽放到树根上。”说完自己爬上去开吃，一口气连吃了五个果子。吃完了，他从树上跳下来，把籽放到了树根上。刚一放上去，籽就不见了，摘下果子的树枝又长出来五个果子。

阿尔巴特按照阿拉坦金童的方法，坐在树杈上，美美地吃了起来。这个果子简直是美味至极，汁多脆滑，甘甜可口，吃完精神振奋，好像往身体里注入了一股新的力量。

原来这果子是大山的灵根，普通人吃一个果子，就可以一年不用进食，而且吃了这个果子会强身健体，延年益寿，祛除一切疾病。阿拉坦金童用这种仙果，请阿尔巴特们美美地吃了一顿。

等大伙吃完了，阿拉坦金童就说："你们要和我玩什么呀？"

欧恒其列回答："我们现在没时间玩，我们要去找山里的宝迪神兽。"

阿拉坦金童惊讶地说："啊？你们要去找我母亲呀？我知道她在哪儿，我带你们去吧！"

欧恒其列说："原来宝迪神兽是你母亲呀！那太好了，请给我们带路。"

阿尔巴特们跟着阿拉坦金童穿过树林，走到了一个巨大的岩石前面。阿拉坦金童说："我母亲就在这个岩石上面，我玩去了。”说完，从地上捡起一根树枝当马骑着，嘴里喊着“驾驾”，一溜烟跑没了。

察合台爬到一个骆驼大的岩石上，踮起脚尖，仔细察看了一番，在这个被阳光照耀的巨大岩石上，真有一只神兽在懒洋洋地晒太阳。

察合台跳下岩石，走到神兽所在的岩壁下面，右膝点地，跪拜行礼：“您是阿拉坦金童的母亲吗？我们是给圣主成吉思汗取圣水的阿尔巴特，请您帮助我们，让阿拉坦金童坐到圣水石椅上吧！”

宝迪神兽听完察合台的话，慢慢站起，伸了一下懒腰，然后从大岩石的后面出来。一个转身，化身为一个穿着绿色绸缎长袍，浑身珠光宝气，雍容华贵的夫人。看见宝迪神兽变成人形，阿尔巴特们有的显得很诧异，有的很惊恐，还有的很愤怒，隋和图和铁木尔布赫已经把刀抽出来了，阿鲁哈、苏和二位将军各自抽出了一枚箭，把弓拉满，对准了宝迪夫人。

哲别和速不台不约而同地惊呼：“这不是西夏王妃吗？”

察合台端详一会儿，说：“不是。她们两个虽然相貌一样，但西夏王妃一看就是妖怪，身上散发着妖气；这位夫人身上却散发着一股仙气，眉宇之间有着无穷的能量，又那么和蔼慈祥。”

宝迪夫人瞧着他们，微笑着说：“西夏王妃是我刚刚修炼时，从自己的身体内逼出去的一股邪念。当时我也没有能力化解，所以一直把她禁锢在一只老鼠的体内。有一天，那只老鼠不堪忍受修炼之苦，偷偷跑了出去，把那一股邪念散发给了地下的一窝老鼠。它怕被责罚，从此堵住洞口，长眠于洞内。很多年以后，里面有一只被染上邪念的老鼠从洞里跑了出来，被蛇吃了。那一条蛇就是西夏王妃，她成精以后，变得和我的容貌一样。其实那只老鼠再等一等，我就可以化解那些邪念，它自然就会成为精灵，日后成仙得道，不至于现在还洞里受苦，不敢出来。这都是‘长生天’的安排，到时候你们就会明白。”

察合台对其余九人说：“你们太失礼了，还不把武器放下，给宝迪夫人行礼！”

那九人全部跪拜行礼：“给尊贵的夫人行礼！”

宝迪神兽说：“我来帮助你们吧，但是你们要按照我的吩咐来做。你们也看到了，我有孕在身。南面的山里有一株大树，树顶上有三个果子，我只要吃下一个果子，明天就能分娩。到时候，我有了奶水，就会让阿拉坦金童和小弟弟一同来吃母亲的初乳。吃奶的时候，阿拉坦金童肯定会蹦到我怀里。他的脚一离地，就变成普通的小孩，谁都可以抱起他。他再一次吃到初乳，就会睡着，趁着他睡着的时候，你们就可以把他放到大乾达摩尼山洞里的石头椅子上了。你们拿到圣水，马上下山就行了。”说完，宝迪夫人绕到岩石后面，继续晒太阳。

大伙跪拜行礼，表示感激之情。走的时候，耳边听到宝迪夫人说：“你们到了那棵树下，会遇到一个老猴子，你们把话说清楚了，那个老猴子就会上树，把果子摘给你们的。”

十个人走在路上，高兴地互相说着：“这个仙境里，每个人都那么善良，只有互相帮助，没有外面世界的竞争、猜忌、贪婪、邪恶，真是梦想中的天堂啊！”大伙说着说着，找到了那棵大树。

那棵大树下面，真的有一只老猴子在树杈上乘凉。大伙急忙过去，以察合台为首，站成一队：“给老仙猴请安！”

老仙猴问：“你们是什么人？”

察合台把事情的前因后果都告诉了老仙猴。

老仙猴从树杈上跳下来：“我可以帮你们，但是你们要把身上的人间美食给我品尝。”

察合台把怀里的银碗拿出来，倒了一碗皮囊里的马奶，给老仙猴双手奉上，再把剩下的奶食都给了老仙猴。老仙猴吃得津津有味。

突然，从树上又下来九只老猴子，流着口水，看着他们。大伙也和察合台一样，把皮囊里的马奶和奶食都分给了它们。

老仙猴们吃完喝完，把银碗还给了大家，头一只老仙猴爬上树，把三个果子其中的一个摘了下来，再用树叶裹好，交给了察合台。

阿尔巴特行礼谢过后，回头走去。从这一刻开始，就有一股成功即将来临的喜悦围绕在大伙的心头。

每个人脸上都挂满了笑容，脚下也是轻快无比。

察合台带着大伙，走到刚才的大岩石脚下。宝迪夫人已经幻化成了贵夫人，在原地等他们。察合台从怀里掏出仙果，交给宝迪夫人。

宝迪夫人满脸慈笑，接过仙果，对察合台说："明天一早，你们就到这儿来。来的时候，告诉阿拉坦金童：'你的母亲给你生了一个小弟弟，还要给你喝初乳呢！'他听了肯定会来！"

阿尔巴特遵照宝迪夫人的指示，找地方休息，等待明天的到来。大伙到了一个河边，倒在松软的草坪上，听着旁边的河流声，晒着太阳，心情从来没有这么轻松过。

道士捉鬼

成吉思汗躺上床榻以后，白胡子道士给大汗带上了天罡地煞金项链。黑胡子道士从怀里掏出一个小葫芦，掰开龙头，从里面倒出了一粒白色的丹药，给成吉思汗服用。

成吉思汗将这粒丹药含在嘴里，丹药立马就化了。一股细微的甜味沁人心脾，甜香味顷刻间走遍了成吉思汗的五脏六腑。大汗感觉无比轻松和舒服，没多久就进入了梦乡。

窝阔台和托雷一个坐在大汗的左手边，一个在右手边，为父汗守夜。二位道士则在大汗的脚头，放下蒲团打坐。

二位道士都把浮尘搭在右肩上，宝剑放在腿上，双手做兰花指状，掌心朝上，放在膝盖上，嘴里默念着咒语。

帐外托轮查尔必站岗，孛斡尔出、者勒蔑、哈萨尔等在大帐内左手边的位置睡下，等待换岗。

吉鲁根巴特尔拿过来一把椅子，坐在右边的道士旁边。

大帐门的两旁各摆放着一支蜡烛。吉鲁根巴特尔心里忐忑不安，不知道今晚会发生什么。

二位道士一直在打坐念咒，片刻后把宝剑抽出来，轻轻挥舞。

剑尖上有一团火苗来回摆动，前面还放了一个开着的、半拉砖头大的红色枣木盒。

大帐里，只能听见人们轻轻的打鼾声和二位道士默念咒语时从嘴里呼出来的气流声。

在这个安静的环境中，吉鲁根巴特尔越来越强烈地感觉到有一股危险正在慢慢靠近。

鬼魂出没也分时辰，会选择一天之中阴气最重的时候。

半夜子时，一阵阴风吹了进来，门两旁的蜡烛被吹灭了。一股黑烟刮进帐中，黑蛇精的鬼魂从黑烟里探出了头，直奔成吉思汗的床榻而去。

她伸手去抓成吉思汗的脖子，但是她就像触电一样，被天罡地煞金项链打了回去。

二位道士掐诀念咒，拿起宝剑，一前一后，朝黑蛇精的鬼魂刺了过去。宝剑尖上的一团火苗，突然烈焰冲天，整个宝剑都生出火焰，剑身被烧得通红。

这种火焰叫三昧真火，是道家修为里上乘的法术。三昧真火是以天地为鼎炉，日月为水火，阴阳为化机，铅、汞、土为五行，性情为龙虎，念为真种子，以心炼念为火候，息念为养火，含光为固济，降伏内魔为野战，身心意为三要，天心为玄关，情来归性为丹成的无上神功。

二位道士的三昧真火火焰宝剑，一前一后，刺穿了黑蛇精鬼魂的前胸后背，黑蛇精的鬼魂惨叫着想挣脱。

二位道士紧握剑柄，继续念咒，黑蛇精的鬼魂被烧得越来越小，直到比枣木盒小，掉在地上。

白胡子道士说："进去！"黑蛇精的鬼魂自己就跳了进去。黑胡子道士盖住盒子，从怀里取出一张灵符，贴在枣木盒上，把鬼魂封住。二位道士拿着枣木盒，走出了大帐。

刚才一阵阴风吹来，正在睡觉的孛斡尔出、者勒蔑、哈萨尔等都被吹醒了，正好看到了眼前捉鬼这一幕，几个人目瞪口呆，嘴里说着："好厉害的道长啊！"

他们对这二位道士心生敬意，跟着二位道士出去了。

走出门外，白胡子道士讲："吉鲁根那颜，黑蛇精的鬼魂已经被我二人封在这枣木盒里了。今天晚上，必须找一个风水克制之地，挖个石头坟墓，将其埋葬。派几个兵卒和我二人走吧，我们选好地，兵卒们把坟挖好了，搬石头过来就行了。"

吉鲁根巴特尔按照二位道士的吩咐，派了好多兵卒，还派窝阔台一起去指挥监工。

二位道士急着找地方，必须在太阳升起前，埋葬黑蛇精的鬼魂。

找了好久，找到一个三面环水、寸草不生的小山丘。白胡子道士："这个地方就可以，三面环水，还寸草不生，一定不会给黑蛇精的鬼魂任何生机。"黑胡子道士点头应允。

士兵们过来，挖了一个三尺深的八角形的坑。

士兵们到处搬石头。二位道长用太极八卦中的坤卦图形，垫了一层石头，把枣木盒放在中间，用土埋好，再用石头摆了一个八卦乾卦图，把坑填平，再把挖开的土都盖了上去。

二位道士用乾坤八卦震住了黑蛇精的鬼魂，让她慢慢消失了。

道法自然

说起这二位道士，也是大有来历。

话说秦始皇统一六国后，为了长生不老，招揽天下奇才，为自己炼制长生不老的丹药。

这二位道士就是当年试丹的道童。大道童本家姓李，法号清风，当年十二岁，略显成熟。小道童本家姓袁，法号天妙，当年才九岁，天真无邪。

在道观里，每天都有试丹的道童中毒身亡，然后被悄悄扔到后山。有一天，道长炼出了两粒丹药，分别给这两个道童吃了。两个道童吃了丹药，当场暴毙，被扔到了后山沟里。谁也没想到，道长这天炼丹的配方已接近长生不老药。

在阴风阵阵、月光暗淡的夜晚，大道童清风睁开了眼睛，看到周围遍地尸骨，吓得“啊”的大叫一声，拔腿就跑。小道童天妙被叫声惊醒，跟着前面的清风跑。前面的清风以为是鬼在追他，跑得更带劲了。后面的天妙喊着："师哥等等我！等等我！"得知后面的是自己的师弟，清风停下来，二人手拉着手，一溜烟跑出了阴森的山沟。

清风定定神说："咱们现在不能回去了，回去肯定是死路一条。咱俩现在顺着小路跑吧，跑到安全的地方再说。"

天妙回应："你说咋办就咋办，全听师兄的。"

两个小道童发了疯似的跑了好久，跑累了，又走了两个时辰，走到了一片田地边上，筋疲力尽的两个小道童倒在松软的沙地里就睡着了。此时天也开始亮了。将近中午的时候，两个小道童都被太阳晒醒了。

饥肠辘辘的天妙坐了起来，眯着眼睛说："师兄，我好饿！"

清风双手托着脑袋，平躺着，跷着二郎腿说："其实我早就醒了，饿得睡不着了。"又坐起来，看见周围种的庄稼，"有田地就会有人家，走，咱们去找点吃的。"

二人爬上一个小土丘，四处张望，看见大山脚下有一户人家，便高兴地朝着那户人家跑了过去。跑到篱笆墙院门口，小声地喊："屋里有人吗？"

不见有人出来，天妙淘气地捡起一颗小石子，扔了进去，"嘭"的一声打在门板上。没过多久，里面出来了一个老太太："谁呀？谁在敲门呀？"

二位道童笑了，清风说："这位婆婆，我们是赶路的，能给我们点吃的吗？"

老太太走过来："你说什么？"

天妙淘气地在老太太耳边大声喊："这位婆婆，我们是赶路的，能给我们点吃的吗？"

老太太一看是两个小孩，慈祥地说："哦，这个小娃娃还真把我当聋子了，进屋来吧。"

二位道童跟着老太太进了屋，各自坐在了一个小木板凳上，直勾勾盯着桌子上热腾腾的还在冒气的烤芋头。

老太太把芋头拿给了两个小道童："你俩吃吧。"

二位小道童正狼吞虎咽吃的时候，从外面进来了一个小伙子，说："娘，官府说要预交三年的田税，咱们的粮食全交了也不够呀！"看见两个小道童惊讶道，"哎，这两个小孩是哪儿跑来的？您把咱俩的口粮都给他俩吃了，我倒没事，您不吃东西怎么行？"

没等小伙子把话说完，两个小道童早把老太太给的芋头吃完了，听完小伙子说的话，不知道是被话噎住了，还是被芋头噎住了，被噎得直打嗝。老太太站起身来，舀了一瓢水递给他们。

喝了口水，缓口气过来，天妙问："我们吃了您的口粮，您怎么办呀？真对不起！"

小伙子回答："没关系，你俩吃吧，我再出去找，我就是怕我娘饿坏了。"

李婆婆慈祥地笑着说："我不饿。哎，你们两个小小年纪，这是去往何处呀？"

天妙说："我们是跟随大仙的道童。大仙给皇帝炼长生不老的丹药，新炼出来的丹药有毒，骗我俩服下，幸亏我俩命大，又活过来了。我俩说是赶路，其实就是想跑得越远越好。"

这时，门外突然传来急促的马蹄声，有几个官兵进来，带头的说："皇帝要修建长城，需要壮劳力，你儿子被选中了。"进来几个人，把小伙子拉出去，拴在一群被绳子连起来的壮劳力后面。

老太太从床上搂了一把被褥和衣服，哭着跑出来，交给了儿子。

老太太清楚，被拉去当苦力，一般都是受尽折磨，有去无回。伤心欲绝的老人家对生活没有了指望，直接跳进了墙外的井里。小伙子看见自己的母亲跳井，情急之下想，挣脱绳索过来营救，被官兵用皮鞭抽打得浑身是血。

这个时候，两个小道童早就吓得躲在了床下面。看见眼前的一切，清风气愤地说："嬴政暴政，搞得民不聊生。这太可恨了！整天还想着长生不老呢，要是让这种人长生不老，就是天下黎民百姓的灾难！"

过了一会儿，外面喧闹的声音没了，两个小道童慢慢从床底下钻了出来，走到门外，环顾四周，确定没人之后，走到井边。

清风说："老太太在咱俩饥饿难挨的时候，把自己的口粮分给了我们，我们要报答她。我们应该把老太太捞上来，好好安葬。"

天妙回应："没得说，一切听师兄的！"

二人东拼西凑，找了足够长的绳子，把一头拴在井边的树上，把其余的都顺进了井里。

这口井是一口天然井，是由两个不规则的巨大岩石贴在一起，留下的一个菱形的缝形成的，里面很深，能看见水，好像还在缓缓流着。

清风把衣服脱了，说："只要下去摸到老太太，我就用绳子把她捆住，然后我先上来，然后咱俩再一起把她拉上来。”说完顺着绳子溜了下去。

天妙在上面看着清风下去将近一丈多，问：“师兄，看见了吗？”

清风回答：“没有，下面好空旷啊，像是一条暗河，水流还挺急，老太太可能早就被冲走了。算了吧，我上去了。”说完拽紧绳子，使劲向上爬。

天妙正准备搭把手，听到耳边很近的地方有“哼哼”的声音。他回过头，与一个东西贴了个照面，原来是一只野猪，吓得小道童天妙直接栽进了井里，把原本快爬上来的大道童清风也压了下去。

二人掉进了水里，使劲扑腾，没想到野猪也掉了下来，与他俩一起扑腾。二人想爬上去，但是水流太急，没等反应过来，二人和野猪一起，都被地下河冲走了。

在一个被称为忘忧谷的地方，兰花和母亲文氏在河边洗衣服。兰花长相甜美，年仅十三岁，母亲文氏和蔼可亲，大概三十出头。前方是高耸入云的大山，一条瀑布从云雾里飞流直下，直到下面的水潭，水潭开流出一条河，人们都从这水潭里拉水吃，在河边洗衣服。

兰花说：“你看母亲，瀑布里又有东西掉下来了。”

文氏赶快回答：“快去通知谷里人。”

兰花跑到村子里，叫来了好多人。人们到水潭边一看，是两个男孩。大一点儿的光着屁股，小一点儿的穿着衣服。此外还有一只野猪。几个水性好的村民一个猛子扎进水潭里，把二人救了上来，抬到了谷主家。

谷主叫铁牛，是一个五十多岁的老头，正在和之前跳井自尽的老太太相对痛哭、拥抱。

原来，这里的谷主是老太太的丈夫，年轻时候掉进井里，被冲到这个地方，被当地人救出。他刚来的时候，这里的人和野人一样，过着茹毛饮血的生活。铁牛慢慢教他们说话、盖房、种田、织布。几十年过去了，这里的人们被铁牛改造得已经和谷外的人无异了。这里比其他地方要富裕得多，因为这里没有朝廷收税，没有恶霸欺压百姓。

铁牛还给这里起了一个好听的名字，叫“忘忧谷”。峡谷是个地表裂开的缝，大概有一里深，五六里宽，几十里长，里面生长着好多种水果蔬菜，还有好多飞禽走兽。除了原住民，很难会有其他人来。

人们把两个小道童放在了床上，都围了过来。清风突然惊醒，看见周围的人，认出了老太太。

他坐了起来，问：“我怎么在这儿？老人家，您不是跳井死了吗？难道我也死了？”看见对面漂亮的小姑娘兰花，他又看了看自己赤裸的身体，“嗖”的一下蹦了起来，用手捂住身体，叫道，“你们都别看，女的都扭过头去！”大伙看见他这个样子，哄堂大笑。这时候，小道童天妙也醒了，看见师兄的狼狈样，也跟着笑了起来。

从此以后，两位小道童就跟着老太太和铁牛老头，生活在世外桃源般的忘忧谷里。

两位小道童能识文断字，他们用自己有限的知识，教谷里的人们读书写字，在谷里的地位非常高。慢慢地，两个小道童长成了大小伙，被铁牛老爹指婚，清风取了兰花，天妙取了兰花的妹妹桂花。日久天长，铁牛老爹和老太太相继离去，清风自然而然地继承了谷主的位子。

日子一天天过去，一个甲子六十年过后，他们也到了垂暮之年，兄弟二人在同一天离开了人世，被他们的子孙后代埋葬在一起。

下葬后的第四十九天，在一个月光充盈的夜晚，清风醒了，从土里爬了出来。他恢复了十二岁时的样子披头散发，光着身体，站起来，正在掏自己耳朵里的土，旁边土里突然伸出来一只手，把他吓了一跳。不一会儿，又有个人从土里爬了出来。清风仔细一看，这不正是九岁的小师弟天妙吗？

经历了一世，又重新见面了，二人喜极而泣，突然茅塞顿开。

清风惊道：“是道长炼的丹药！”

天妙也说：“我知道是怎么回事了。”

清风说：“咱们可以体内轮回，重生不死！”

天妙问：“那现在咱们该怎么办？”

清风回答：“咱俩就这样回去，说什么人们也不会信，还不如再设计一个被瀑布喷出的假象，在岸边水里躺着，等他们过来救就行了。”

从此，在忘忧谷里，每六十年就会有两个男孩从瀑布里喷出，被当地人救回。

他俩在这个山谷生活了八辈子，享受着每一世的幸福生活。

虽然他们过着神仙一样的生活，但毕竟不是神仙，而且这个山谷对他们来说，已完全失去了新鲜感。

二人决定重操旧业，走出山谷，寻访高人，拜师学艺，求得成仙之方。

他们在野外山谷边上，设立了一个禁区，任何人不得靠近。没事的时候，他俩就来修建通天的长梯。等到下辈子的时候，通天长梯已经修好，二人撇下谷里的一切，爬到了谷外，约定期限，各自拜师学艺去了。

他俩经历了南北朝和隋朝，到处寻访高人，学习高深的道术。功夫不负有心人，到了唐朝的时候，他们学到的本领已经能让他俩崭露头角，赫赫有名了。天妙从四川崛起，启用了原来本家的姓名，叫作袁天罡；大道童清风在陕西成名，启用了原来本家的姓名，叫作李淳风。

机缘巧合，二人同时在李世民的朝廷任职，并且合力撰写了被称为“中国第一预言奇书”的《推背图》。后来二人夜观天象，推算出“武氏媚娘，女主夺位”。

本来，已经得道的二人，时间一到，自然会飞升成仙。不料，由于二人泄露天机太多，差点儿改写历史，被上天惩罚，要经历一劫，才能飞身成仙。于是，他们要始于始皇帝，过于女皇帝，再助至尊皇帝祛除病毒，最后才能解开劫数，功德圆满，才能得道成仙。

所以，他俩一直隐姓埋名，融入普通人中，低调行事，在蒙古军中，等待天机到来。

遥祭大乾达摩尼山

成吉思汗睡足了一觉，穿上自己的白色锦绸长袍，神清气爽地坐在金顶大帐的宝座上。

吉鲁根巴特尔带头问道："我主大汗身体吉祥否？"

成吉思汗回应："我美美地睡了一觉，也亲眼看到了二位道长捉鬼的本领。给我带的这个金项链，真的有神奇的力量，没让黑蛇精的鬼魂近我的身，保护了我。"

吉鲁根巴特尔回答："大汗洪福齐天，自然有'长生天'庇佑。天快亮了，我这就去给您安排早茶。"说完，他恭敬地退出了金顶大帐。

天亮以后，二位道士给黑蛇精立了一个墓碑，正面写了明八卦"乾坎艮震巽离坤兑"，背面写了暗八卦

“休生伤杜景死惊开”，侧面又写了好多咒语。

二位道士把所有事情都安排好以后，和窝阔台一起回到了金顶大帐，拜见成吉思汗。

成吉思汗高兴地说：“你们二位医治了我的身体，镇压了黑蛇精的鬼魂，首功一件，以后就留在我的左右，为大蒙古国施展自己的才华吧！”

二位道士感激涕零，跪地谢恩：“大汗体内的蛇毒已经消失了十之八九，天罡地煞金项链和已经服用过的丹药，可确保大汗身体无恙，直到阿尔巴特取圣水回来。请大汗和皇亲贵胄们放心。还有一事奏报，我们二人打算今天回一趟千户兵营，将大汗赏赐的一车金银财宝分发给弟兄们，也让大家一同感受到大汗的恩德，然后就过来，望大汗恩准。”

成吉思汗恩准：“这是好事，本汗答应你俩的请求。”

这个时候正好是早茶时间，又加上成吉思汗的身体好转，在这个轻松的氛围里，大家按尊卑就座，陪着大汗喝起了早茶。

喝完早茶，成吉思汗穿戴金盔金甲，走出金顶大帐，举目远眺，一望无际的草原上，坐落着连绵的军营帐篷。帐篷上空，旗帜顺风飘扬，成千上万匹军马分方阵整齐地拴在马桩上。全副武装的兵士们正在晨练，军营里一片热闹景象。

成吉思汗看到眼前的景象，感到十分亲切，回头看着随行的将军们，用商量的口吻说："今天检阅大军吧！"

吉鲁根巴特尔说："大汗，您今天和哈萨尔、窝阔台、托雷等巡视各个军营，我和孛斡尔出、者勒蔑一同协调其他事物吧。"

成吉思汗回答："那好，就这么办！"

穿戴银盔银甲的众位将军骑上战马，跟随成吉思汗，走向了远处的军营。

吉鲁根巴特尔安排道："二位将军，咱们三个看一看阿尔巴特的动态吧。大汗在的时候没有看，因为大汗的身体刚好，我怕占卜出什么不好的东西，给大汗平添烦恼。"孛斡尔出和者勒蔑点头应允。

吉鲁根巴特尔拿起一个肩胛骨，放到烧红的牛粪上烧了一会儿，再拿出来放到金盘上。三个人看到卦象，皱起了眉头——铲骨发黑，还出现了三个裂缝。

吉鲁根巴特尔看了好久，说："二位将军，出现了这样的卦象，阿尔巴特应该是到了昏天黑地。再看这三个裂缝，应该是和阿达格尔大黑魔大战了三次。再看卦象上的路，很平坦，心意也顺畅，应该是顺利闯过了昏天黑地。”孛斡尔出和者勒蔑听到这儿，悬着的心才放了下来。

接下来几天，吉鲁根巴特尔、孛斡尔出、者勒蔑三人陆续看了阿尔巴特经过诅咒森林和到达仙境的卦象。

吉鲁根巴特尔说：“二位将军，现在是第九天，阿尔巴特现在已经到了仙境。咱们先派兵迎接，快点儿拔寨启程，在靠近大乾达摩尼山的西边安营扎寨。大汗亲自遥祭大乾达摩尼山，召唤圣水，跪谢大乾达摩尼山的山主众神。”

三人将这些禀报给成吉思汗，得到应允之后，拔寨启程，到指定的地方安营扎寨。

吉鲁根巴特尔、孛斡尔出、者勒蔑等人巡视周围，选好了祭祀大典的地点。

这个地方，正好在金顶大帐西南的山丘上，山丘的形状极像祭祀的祭台。

阿尔巴特在进入仙境的第二天和取圣水的第十天，大蒙古国的圣主成吉思汗，带领功勋大将和随行的所有将军士兵们，排列好方阵，举行了遥祭大乾达摩尼山的祭祀仪式。

大军的方阵按照战马的颜色区别排列，形成众多一千人的四方块队形。方阵的正中间，是一千匹白马的四方阵队。阵队前面，九个士兵骑着白马，各举一把白色苏鲁定。

圣主成吉思汗穿戴金盔金甲，骑上自己的坐骑天之白骏，意气风发地走到了白马方阵的前面。

两个骑白马的士兵，一个举着太阳图案的蓝色大旗，一个举着月亮图案的蓝色大旗，跟着成吉思汗，走到九个白色苏鲁定两边。

白马方阵的两旁是棕色马方阵和茶色马方阵，每一个方阵前面都有一人举着相应颜色的旗帜，褐色马方阵前是褐色旗，花马方阵前是花色旗，黄马方阵前是黄色旗。骑兵方阵站好队，十个四方千人千马方阵，正好是万人万马方阵。

圣主成吉思汗两翼是皇亲贵胄、功勋大将、谋臣和将军，他们背着弓箭，穿戴盔甲，佩戴战刀，骑着战马，按尊卑排列，后面有专人威风凛凛地举着虎图旗、豹图旗、熊图旗、大象旗和狮子旗。

各色军旗随风飘扬，战马嘶鸣，刀剑闪烁，盔甲明亮，大有一股气吞山河之势。

随着掌令官吉鲁根巴特尔的令旗指示，气势浩大的骑兵方阵向前走到了广场上令旗指示处停住。

山丘中央是一座石头搭建的大型敖包，敖包两翼从左到右，摆放着羊、牛、马、骆驼、鹿、狍子等祭品。

成吉思汗和众位大将走到山丘的北面下马。

他走到敖包的北面，脱下盔甲，交给兵卒，把金腰带搭在自己的脖子上。

他朝着大乾达摩尼山的方向，双膝点地，举起双臂，掌心朝上，对大乾达摩尼山的山神众仙祈祷：“我，大蒙古国成吉思汗，今天向大乾达摩尼山的山神众仙供上九九八十一只全畜祭品，祈祷自己与长生不老圣水的缘分，祈祷我英勇的阿尔巴特万无一失，将圣水安全带回。”

圣祖成吉思汗祈祷完毕后，吉鲁根巴特尔派笔贴将成吉思汗的祷告词写在黄纸上，放入火盆，送向大乾达摩尼山。

祭祀仪式结束后，孛斡尔出和者勒蔑二位大将调动大军，将大汗的金顶大帐和其他皇亲国戚和贵胄将军们的行营都迁往大乾达摩尼山西部的松树林里，等待阿尔巴特回归。

预计阿尔巴特回来的第十三天，吉鲁根巴特尔派出迎接的军队，已经走到了大乾达摩尼山的西部山腰。

取得圣水

离开宝迪夫人以后，大伙都以为时间过了好久，一看沙漏，才走了一点点儿。等得无聊的阿鲁哈、苏和、隋和图、欧恒其列、其隆巴图、巴图胡亚嘎等人围成一圈，趴在草地上，把沙漏放在中间，双手托着下巴，看着沙漏里面的沙子。沙漏里面的沙子一粒一粒地缓慢地向下漏着，看得他们真是着急得百爪挠心，恨不得把沙漏打烂，直接灌到另外一边的玻璃瓶里。

看到大家如此无聊，察合台和速不台商量以后，对大家说："大家如果等得很无聊的话，可以四处转一转。反正这里是仙境，没有任何危险，但是大家不要分开，注意别走远了。"

小伙子们高兴地蹦了起来，喊道："多谢皇子！"

哲别说："还是我跟着他们去吧，省得玩过头了，发生意外。”

察合台说：“有您跟着，我就更放心了。”

小伙子们商量着说：“这里不是有一千个山洞吗？咱们去转转，看看到底有什么宝贝，开一开眼界。”

大伙走进了几个山洞，洞里都是一些从没见过的奇珍异宝。虽然这些宝贝都很奇特，但是对见过全世界奇珍异宝的蒙古人来说不算什么。

他们又走进了一个山洞，这是一个兵器宝库，里面有各种各样的兵器，让人看得目不暇接。

哲别看到了一把弓，弓身是水晶的，外面镶嵌着金缕花边，弓弦是透明的，但是可以摸到。哲别拉开弓，对准对面的岩石，放开弓弦。没想到这把弓不用放箭，放开弓弦后激发的气流，把对面的岩壁射穿了一个洞。这把弓就是当年额尔黑莫日根射太阳的弓，由于威力太大，被禁锢在这里。

哲别拿着这把弓，爱不释手，不肯离去。

大个子铁木尔布赫，拿着一把流星锤，在一旁发愣。

这把锤叫镆铘流星锤，与干将镆铘剑一同铸造，但是干将镆铘剑只能算是凡间极品。铸剑师铸造镆铘剑后，由于当时情况紧急，把剩下的材料和其他东西全部扔进熔炉后就跑了。但是这个步骤，却是练就仙家法宝的重要环节，只是凡人不知道。丢进火炉的材料天然形成了有生命的、威力无比的镆铘流星锤。由于此锤杀伤力太大，也被禁锢在这里。

另外几个人，看他俩不出来，就自己玩去了。

他们到了一个酒香扑鼻的山洞，隋和图就出不来了，里面是世间没有的仙酒，让人陶醉留恋，心驰神往。

往前走，他们进了一些琴棋书画和莺歌燕舞的山洞，他们这些带兵打仗的莽夫，没觉得有什么新鲜的。

又进了一个锦衣玉食的山洞，欧恒其列走不动了。那些衣服倒是不咋样，看着那些珍馐美味，欧恒其列就像饿狼朴食一样，冲了过去。

其隆巴图和巴图胡亚嘎进入了一个幻想幸福山洞，里面有他们理想当中的两座毡房，有着无数的牛羊马匹。两座毡房各出来一个美丽的姑娘，张开双臂，跑过来抱住他们，嘘寒问暖，关怀备至，让他们觉得这就是自己的老婆，就是回到了自己向往已久的家。

又进了一些绫罗绸缎、花鸟鱼虫的山洞后，到了骏马山洞，阿鲁哈和苏和二人停住了。他们哥俩从小爱马，养马驯马，视马如命。哥儿俩看到这里的马，觉得以前的马连驴都不如。这山洞和草原一样开阔，哥俩骑上仙马，你追我赶，不亦乐乎。

察合台和速不台二人在草坪上聊了好久，聊累了，两个人睡着了。一觉醒来，眼看沙漏的时间就要到了，但是不见其他人的踪影。

察合台着急地问："速不台叔叔，他们这是怎么了？会不会出什么意外呀？"

速不台回答："皇子请放心，这里是仙境，不会有什么危险，咱们到大乾达摩尼山洞去看一看。"

二人走在路上，碰到了阿拉坦金童。

阿拉坦金童说："金盔金甲的哥哥，你和我玩吧。"

察合台回应："你不和欧恒其列玩吗？你是不是不和他好了？"

阿拉坦金童说："他跑山洞里玩去了，我都不知道他在哪个山洞里。"

察合台惊讶道："就他自己吗？你怎么不去山洞里找他玩呢？"

阿拉坦金童说："他们几个都去了，各玩各的山洞去了。那些山洞，我玩了上百年才出来的。我母亲说，这些山洞里装的是人间所有的欲望，以后再也不让我进去玩了。"

察合台着急地对着速不台讲："这可咋办？时间就

要到了，十个人不在一起，就算拿到圣水，也走不出这大山呀！现在不知道他们分别在哪个山洞。”

速不台脸上显出无奈的表情，说：“先过去再说。”

阿拉坦金童自己玩去了。二人急忙跑到了大乾达摩尼山洞口，对着满山的山洞发呆，心想：“这要是一个山洞一个山洞的找，要找到什么时候啊！”

察合台看着速不台，又看手里的沙漏，觉得沙漏好像黄河决堤一样，漏得飞快。

速不台望着远方，又看看周围，拿着手里的长弓，坐在一个岩石上，向众多山洞的方向，拨动弓弦，发出指令。

这是蒙古人发明的弓弦联络暗号。可发了半天，也不见有回声，速不台无奈地坐在地上。察合台很沮丧地把金盔摘了下来，狠狠地摔在了地上。

速不台看着察合台着急的样子，懊悔自己当时没有拦住他们，没有让他们在原地待命。速不台眼睛突然灵光一闪，迅速爬上了山洞前面的一个大岩石上。

他等气息喘得均匀以后，两腿排开，清了清嗓子，放声歌唱，一首长调歌曲《圣主成吉思汗》，犹如天籁之声在，在山谷间回荡。

察合台眼含泪水，看着速不台。小兔子、梅花鹿、穿山甲、黄羊、狍子、野马、麋鹿、老仙猴等好多动物，慢慢靠近，孔雀、凤凰等好多鸟儿也落在彩虹上倾听速不台的歌声。远处的野狼应声嚎叫。雪豹站在山顶上，头朝这边一动不动地听着。

在各种山洞里，忘我享受欢乐的人们被这首歌慢慢叫醒。

他们一个一个走出了山洞，跑到察合台面前，痛哭流涕地跪地请罪。察合台没有怪罪大家，反而觉得很欣慰，有种即将成功的喜悦涌上心头。

欧恒其列拉着阿拉坦金童的手，阿尔巴特们按照前后的排序，走到了宝迪夫人那里。

宝迪夫人看见自己的儿子来了，把怀里熟睡的小宝贝放在一边："过来孩子，母亲给你奶吃。"

阿拉坦金童一个健步，跳到母亲的怀里，吸吮起母亲的乳汁。没过多久，他就在母亲的怀里睡着了。

宝迪夫人示意欧恒其列过来，抱起孩子，大家一起走到了大乾达摩尼山洞。山洞口有三岁古宁乌兰巴特尔、老神仙和老仙猴等等候着。

欧恒其列按照之前的吩咐，把阿拉坦金童放到了石头椅子上。

阿拉坦金童身上突然金光闪闪，石头椅子“吱呀呀”地向下，慢慢陷了下去。

对面的石头盒子从台阶上慢慢凸了出来，完全出来后，分成两半，“嘭”的一声，分别倒向一边。

下面的底座上，有一片绿叶子，叶子上放着一个比鸡蛋大点儿的白色羊脂玉净瓶，瓶盖是一颗小拇指肚一样大的蓝宝石。

石头分开的声音吵醒了阿拉坦金童，他机械般的拿起羊脂玉净瓶，从石头台阶上下来，交给了察合台。

察合台接过羊脂玉净瓶，激动地手都在抖。他毕恭毕敬把圣水放进怀里，带领大家跪地行礼，谢过各位神仙后，朝西走去。

他们跟着两只仙鹤，在欧恒其列的萨满鼓声里，越走越快，双脚离地，腾空而起。

他们飞得越来越快，直到一个蓝色的大峡谷前，缓慢降落，一个巨大的岩石挡住了去路。

隋和图从自己的包裹里拿出了一个从没用过的小萨满鼓，交给了察合台，大伙再用金银察勒玛绳互相拴住。

最前面的察合台和最后面的欧恒其列同时敲鼓，他们原地飘了起来，脚下生云，飘得越来越高。

他们飘起几十丈高，到大岩石的中段的时候，被一个亮着黄光的山洞吸了进去。

一股黄光，一股白光，一股蓝光，速度飞快，大伙都闭上了眼睛，耳边风嗖嗖的。当大伙睁开眼睛时，发现他们已经飞出了大乾达摩尼山，被一股强劲的风吹到了一片开阔的草原上。

察合台第一个站起来，用手扶正了头盔，兴奋地对着大家说：“今天是第十三天，我们得‘长生天’保佑，得圣主成吉思汗福泽庇佑，准时拿到了长生不老圣水，平安走出了大乾达摩尼山了！”

大伙都蹦了起来，一同喊着：“万岁！万岁！”

察合台高兴地眼含泪水说：“勇士们，你们都是最勇、猛最机智、最忠诚的人，我感谢你们！咱们去完成最后的步骤去吧！”

已经走出了大乾达摩尼山，不必再用之前的顺序走了，大伙把察合台围在中间，向金顶大帐方向走去。

他们在仙境里与神佛相交，又加上饮泉水食宝果，所以每一个人都是福泽殷实、寿命延长。

这个充满力量的团队，按日按时圆满完成了任务。

吉鲁根巴特尔派出去接应他们的部队从远处看见了他们，用最快的速度跑到他们前面，下马给察合台皇子等十人行礼。

圣水永生

圣水永生

远远望去，富丽堂皇的金顶大帐，威武庄严地耸立在松树林边上。

阿尔巴特快马加鞭，奔跑到离金顶大帐五十步的位置，下马，横排一队，向前走了二十步停下，右膝点地跪下。

走在中间的察合台，眼含泪水，大声喊道："禀告圣主成吉思汗，我们十个人组成的阿尔巴特，在指定日期内完成了任务，取回圣水了！"

站在大帐前面的孛斡尔出和吉鲁根巴特尔，进帐通报，二人高兴地说："阿尔巴特取回了长生不老圣水，在大帐外复命。"

成吉思汗非常高兴，在儿子窝阔台、托雷和夫人也遂的陪伴下走出了大帐。

成吉思汗走到大帐前面的平台上，手扶着栏杆，抬眼仔细观看，以察合台为首的阿尔巴特，右膝点地跪下，横列一排。

成吉思汗大声喊出：“阿尔巴特，万岁！”。

接下来蒙古大军的将军兵士们一同喊出：“万岁！”

大地在蒙古大军山呼海啸般的“万岁”声中震颤。

阿尔巴特十人的脸上，露出得意的笑容。

成吉思汗抬手，示意他们起来。

察合台谢完恩，走过来，从怀里掏出羊脂玉净瓶圣水，交到成吉思汗的手里。

成吉思汗接过圣水，打开蓝宝石瓶盖，用右手的无名指向天三点恩。

第一次点恩，恰好乌鸦飞过，用舌头舔了一下空中点出去的圣水，乌鸦从此能活千年。

第二次点恩，沾到了松树上，从此松树万年常青。

第三次点恩，沾到了麻黄草上，从此麻黄草永远碧绿。

三次点恩完毕，成吉思汗的鼻孔里飘出了淡淡的黑气，蛇毒完全没有了。

成吉思汗喝完长生不老的圣水，把羊脂玉净瓶交给了吉鲁根巴特尔。

圣祖成吉思汗的身体完全康健，红光满面。他微笑着骑上自己的洪格尔战马，跑到阵队中间，拉缰绳停住，举起了右手。

兵士们都齐声喊着："成吉思汗！成吉思汗！"

这时，天空上飞来了成吉思汗的海穆尔天马，它脚下蹬着云，嘶鸣着飞到了成吉思汗旁边。

成吉思汗喝了长生不老的圣水，顺应天意，骑上自己的海穆尔天马，飞上了天空。

在天空上，成吉思汗调转马头，挥手发话："我没有爱惜自己的头颅，没有节省自己的热血，我枕着胳膊，盖着斗篷，席地而眠，饮口水沫，食牙缝肉，汗湿衣襟，浴血沙场，让全世界都知道了'蒙古'这个名字，建立了大蒙古国大业。现在，我要交代遗嘱：等我走后，按照蒙古的规矩，小儿子托雷监国三年以后，由窝阔台接任大蒙古国大汗。功勋大将们，要严格按照这份遗嘱进行。"

下面的千军万马、皇亲国戚、将领谋臣，全部跪拜行礼。成吉思汗骑着自己的海穆尔天马飞在天空上，从大地上看见的全世界都向他低下了头。

成吉思汗获得了永生，他回归了天庭。

后记

蒙古民族是一个有悠久的历史和灿烂的文明的勤劳、勇敢、伟大的民族，而成吉思汗是这一伟大民族的缔造者。

1162年，孛儿只斤·铁木真出生于蒙古乞颜部。幼时父亲被杀，部众离散。铁木真历经磨难，击败强敌，于1184年前后成为蒙古乞颜部的可汗。之后，铁木真开始了统一蒙古高原的征程。1206年春天，蒙古贵族在斡难河（今鄂嫩河）源头召开大会，诸王和群臣为铁木真上尊号"成吉思汗"，建立了大蒙古国。从此，蒙古高原结束了各部落长期混战的局面，一个全新的民族共同体——蒙古族，正式出现在北方草原上。

大蒙古国建立以后，成吉思汗开始了大规模的对外征战，将蒙古民族推向了国际舞台。从1206年至1227年，蒙古军队征服了欧亚大陆众多国家和民族，大蒙古国成为一个横跨欧亚两大洲的国家。成吉思汗打破了欧亚大陆众多国家封闭的状态，促进了东西方政治、经济、文化各方面的交流。

1227年，成吉思汗攻打西夏的时候身体突然抱恙。为了救治成吉思汗，蒙古军队和民间逐渐产生了如果历经千难万险，找到使人长生不老的圣水，就能让成吉思汗获得永生的神话传说。

我们依据这个传说，创作出了成吉思汗的贴身大臣、通天萨满吉鲁根巴特尔，从军中选出命数和福气都符合“长生天”旨意的十位英雄，组成一个阿尔巴特，去千里之外的大乾达摩尼山取回圣水的神话故事。

成吉思汗是蒙古人心中永远的圣灯，是世界历史上杰出的政治家和军事家。他推动了人类历史的发展，是人类历史上最伟大的人物之一。根据史书记载，成吉思汗是唯一一个没有屠杀过开国功臣的皇帝，他的臣子也没有一个人背叛过他。为了讲述成吉思汗的丰功伟绩，我们创作了这部小说，期待本书的读者能够品出其中的滋味。

本书是由我的二儿子那仁毕力格提出创意并拟好框架，我和我的先生丹金道尔吉编写故事，最后由我完成了小说。

希望这部原创蒙古族神话小说《圣水传奇》能够得到您的青睐！

乌云其木格